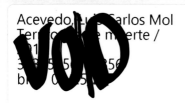
TERRITORIOS DE MUERTE

Luis Carlos Molina Acevedo

Sobre el Autor

Luis Carlos Molina Acevedo es Comunicador Social y Magíster en Lingüística de la Universidad de Antioquia, Colombia. Ha publicado más de veinte libros para las Librerías en Línea, así:

Quiero Volar, El Alfarero de Cuentos, Virtuales Sensaciones, El Abogado del Presidente, Guayacán Rojo Sangre, Territorios de Muerte, Años de Langosta, El Confesor, El Orbe Llamador, Oscares al Desnudo, Diez Cortos Animados, La Fortaleza, Territorios de la Muerte, La Edad de la Langosta, Del Donjuanismo al Vampirismo Sexual, Imaginaria de la Exageración, La Clavícula de los Sueños, Quince Escritores Colombianos, De Escritores para Escritores, El Moderno Concepto de Comunicación, Sociosemántica de la Amistad, Magia: Símbolos y Textos de la Magia.

I Want to Fly, From Don Juan to Sexual Vampirism, The Clavicle of Dreams, and The Imaginary of Exaggeration.

Contenido

Presentación

TERRITORIOS DE MUERTE es un estudio entre la ficción y la no ficción sobre el fenómeno de la muerte violenta en la sociedad de Medellín – Colombia. Se presentan diferentes puntos de vista e hipótesis para entender las raíces de la agresividad humana. Se hace un recorrido por los diferentes estadios transitados por el ser humano a partir de la agonía hacia la muerte inminente.

Un personaje plural, Rosendo, encarna los distintos roles de esa cadena de montaje en la cual se ha convertido la muerte en Medellín. Rosendo está presente en el hombre asesinado, en el asesino, en el paramilitar, en el terrorista, el desmovilizado, el reinsertado, el policía, el médico forense, y hasta en la madre sollozante ante el cadáver de su hijo, tendido sobre el asfalto de la calle solitaria o llena de curiosos. Una rubia cucaracha se asoma para ver de qué se trata tanto barullo y luego regresa a la oscura grieta de la indiferencia.

Territorios de Muerte se presentó al Segundo Premio Nacional de Crónica y Reportaje de la Universidad de Antioquia, Medellín - Colombia. Fue destacado por los jurados como uno de los trabajos finalistas más interesantes. Un fragmento del libro original, fue publicado por primera vez en la revista Folios número 5, de la Universidad de Antioquia, año 2000, con el título "Territorios de la Muerte".

El cronista puede asegurarles, lo del final, es realmente un punto de tinta, aunque a veces lo invade una idea loca. Tal vez todas las letras de este texto, solo son apilados detritos de cucaracha, alineados para dar forma a las palabras. Por las dudas, no soben mucho las páginas, nunca se sabe, sobre todo si pertenecen al grupo de los escrupulosos.

TERRITORIOS DE LA MUERTE

Desfila aquí una galería de las Rosendas y los Rosendos para nombrar a las personas alojadas en los territorios de la muerte por donde transita este texto. Las Rosas y los Rosendos protegen la identidad de los protagonistas reales, quienes en la mayoría de los casos, prefieren no aparecer con sus nombres propios. Las Rosas y los Rosendos unifican las identidades de los protagonistas para darle realce a los hechos referidos, y no a los protagonistas. En una ciudad donde la muerte puede darse en cualquier momento y lugar, los nombres se vuelven circunstanciales, pero los hechos no deben serlo, si se aspira a no cometer los mismos errores en el futuro. Lo aquí narrado, se mueve en el terreno de la ficción y la realidad, porque la realidad misma, parece una ficción.

Rosendo Asesinado, escuchó el estertor del gatillo cuando golpeó el punto de cobre de la bala. La explosión del detonador en el revólver treinta y ocho sonó fuerte y se prolongó en eco contra las paredes de la noche. Se repitió en la noche avanzada y en cada pared de cada edificación a lado y lado de la carrera Palacé con la Avenida Primero de Mayo de la ciudad de Medellín. Rosendo Asesinado sintió cómo sus bolsillos se vaciaban pese a la negativa. El disparo sonó con estruendo. Una bruma aterradora se apoderó de su mirada. Vio borroso cuando Rosendo Asesino se alejó apresurado con su compañero, llevándose las pocas pertenencias de sus bolsillos. Apoyado contra la pared, logró levantarse agonizante. Todo alrededor parecía una pesadilla, una película de horror, como en una de las tantas vistas en el teatro Avenida, ese teatro de cine a solo media cuadra allí. Decidió ir hacia él en su marcha agonizante. Hacia allá, tendría más posibilidades de tomar un taxi, pensó. Se apoyó en la pared con fuerza. Dio tambaleante un primer paso sobre la acera solitaria. Fue el primer paso de entrada a los territorios de la muerte.

Desde ese momento, el cuerpo soporte de su existencia, se negaba a cargar más vida de la transportada durante tantos años. Su cuerpo, en adelante, transitaría por lugares donde la consciencia o la inconsciencia sobre cuanto sucedía, poco importaría. Territorios de la agonía donde la vida duda si vencerá a la muerte o será derrotada definitivamente. Territorios de la defunción donde la muerte se certifica para espantar cualquier sombra de duda. Territorios funerarios, inhumados, exhumados, del recuerdo, de la comunicación, tantos territorios abiertos por la muerte sorpresiva e inesperada. Territorios donde se mezclan los componentes de la violencia urbana para sembrar las calles de muerte. Territorios donde abundan el alcohol, la droga, las armas, el satanismo, el odio, la dominación y la demencia colectiva. Sin saberlo, Rosendo Asesinado, comenzó a transitar los territorios de la muerte. Ellos serían desde ese momento la pesadilla de sus seres queridos.

TERRITORIOS DE AGENTES PARA LA MUERTE

En Medellín, se superponen territorios opuestos sin ningún conflicto. Está el territorio donde florece la ciudad amable, alegre, limpia. Un territorio donde la gente se atreve a la fiesta, al arte, al trabajo con esmero. Un territorio donde hay espacio para la creatividad y reinventar la vida. Territorios con invitación permanente a no desertar de la ciudad primaveral. Un lugar donde la dimensión universal del hombre se proyecta en el entorno. Esta ciudad llevó a Rosendo Asesinado a trabajar en no importaba qué para ganar el derecho a seguir vivo en una urbe donde la vida fluye por cada poro de la piel. Pero también está ese otro territorio desconcertante, inesperado. Ese otro territorio donde la vida se desangra, donde la vida se desvaloriza. Un territorio donde la agresión supera a las ansias de vivir. En ese territorio de la vida, también conviven los territorios de la muerte como si fuera algo natural. Más no lo es. La mente vigilante navega por los ríos de la sin razón tratando de hallar islas donde la lucidez se asiente y extienda desde allí su gran reinado de la convivencia con inteligencia. Un reinado donde las muertes sean simbólicas y no físicas como solución al desacuerdo con el otro. Instalación de la nueva Arcadia donde la vida transcurra placentera y la tumba abandonada solo sea el recuerdo de la muerte natural, tránsito obligado para todo ser vivo. Pero no la Arcadia contaminada con las vanitas donde se violenta a la vida con la muerte. Vanitas, vanidad para hacer daño al otro. En ese territorio se han instalado los agentes de la muerte. En la sombra, preparan sus disfraces para el gran desfile de muerte y sangre. Está a punto de comenzar, como si fuera una tragicomedia. La comparsa de armas de fuego, armas blancas, se instala en el capacete de la carroza de la muerte. Nadie contempla el desfile, se esconden horrorizados. Es un desfile, no para contemplar, sino para ignorar. Aún así, desfila ostentoso por calles y aceras de la ciudad, sin importarle el sentir de las gentes. Sus cuerpos están inyectados con el miedo a ser alcanzados por las balas furtivas.

Rosendo Asesino se perdió con su compañero entre las oscuras calles de la ciudad. De la billetera de cuero sacó unos pocos billetes. Revisó los demás compartimentos con avaricia, pero no encontró algo de su interés. Decepcionado, arrojó el objeto de cuero, con los documentos de identidad adentro, a un bote de la basura. Su propietario, quizá no los necesitaría más. Fue un acto de urbanidad, poco frecuente en él. Para Rosendo Asesino, el piso debía cargar con todas sus porquerías. Hasta su saliva áspera, iba a dar a cualquier lado en el piso. Fue una casualidad, una excepción, lo de la caneca. Allí quedó la identidad del Rosendo agonizante a pocas calles de distancia.

Rosendo Asesino, llegó con su compañero hasta la esquina del Teatro México. Era un lugar en la memoria colectiva, porque allí ya no había teatro de cine. La violencia expulsó del centro de la ciudad, a todos los teatros de cine. Ni el teatro México, ni el teatro Avenida, existían ya. Se les seguía denominando así a aquellos sitios, porque hasta hacía unos pocos años, habían funcionado allí. Los dos hombres se acercaron hasta Rosendo Expendedor. Entregaron los pocos billetes sacados a la pobre noche de las oportunidades. Recibieron a cambio un envoltorio. Rosendo Asesino vertió el contenido en la palma de la mano izquierda. Con los dedos de la mano derecha, comenzó a migar las hojas secas de la hierba. Luego vertió el contenido en el rectángulo de papel de calco y lo enrolló. El cigarro estaba listo.

Acercó el cigarrillo a sus ojos y luego lo alejó, para verificar el acabado. Sacó la candela a gas de su bolsillo del pantalón y agredió a la noche con la llama naranja. Dio una primera fumada honda y larga para prolongar la braza. Dio dos o tres fumadas más y lo pasó a su compañero de faenas. Entre los dos se acabaron rápido el cigarro. Rosendo Asesino fumaba con ansiedad para olvidar la cuenta de los muertos a cuestas.

Rosendo Asesino, en medio de la traba, vio la cucaracha rubia. Cruzó por su mente. No supo si era real o una alucinación. La forma bien definida y la nitidez de su colorido, le hizo creer en la existencia real del insecto. Extendió la mano para atraparla, pero sus dedos la atravesaron como si fuera una transparencia proyectada en el piso. El insecto estaba allí para recordar la existencia de una especie a la que no podrían exterminar, ni con todos los disparos de los territorios de la muerte. Todos las balas enterradas en sus víctimas, no alcanzarían al insecto ni para causarle un rasguño.

Luis Carlos Molina Acevedo

TERRITORIO DE LA AGONÍA

Rosendo Asesinado avanzó con dificultad el pie izquierdo para alcanzar su segundo paso en el territorio de la agonía, apenas iniciado. La sombra temblorosa y el recuerdo del sonido del disparo, todavía no se iba, hizo regresar apresurada a una cucaracha hasta el orificio de donde había salido. El insecto cruzó la acera desde el Edificio Antioquia hasta el orificio abierto entre el asfalto de la calle. Mientras corría, blandía sus antenas a lado y lado como si tratara de alejar el peligro agazapado en la noche. Por su parte, tambaleante, Rosendo Asesinado cruzó la calzada de Palacé. Con el dolor de muerte llegó hasta la esquina de la Librería Continental. A ésta también la desapareció la violencia del centro de la ciudad. A su paso dejaba un rastro de sangre sobre la acera. Lo seguía como empedernido fantasma. El rastro de sangre iba siguiéndole los pasos para atrapar el alma, al menor descuido de su propietario. Hasta el rastro de sangre buscaba despojarlo de algo. Las marcas rojas trazaban eses siguiendo el recorrido del cuerpo en su despedida de la vida. La mano se levantaba pesada ante cada luz, parecida a las farolas de un taxi. A veces eran autos particulares, pero igual, tampoco se detenían. Los pocos transeúntes a esa hora en las calles céntricas de la ciudad, se apartaban presurosos cuando lo veían. Era la peste tambaleante y nadie quería contagiarse. Sus reacciones eran como las de quienes temen ser invadidos por la pestilencia.

Los conductores de taxis también esquivaban a la peste. No se detenían, esquivaban al despojo de la violencia, si no había quien los obligara. Se habían inmunizado contra los cargos de conciencia por la misión dejada de cumplir. Lo tenían muy claro, las heridas y la muerte complicaban la vida y era mejor evitarlas. Las implicaciones económicas y sociales de ayudar al herido, habían derrotado el humanismo del oficio. El cálculo económico era determinante. Levantar un herido significaba gastar tres o cuatro veces más de lo cobrado por el servicio, si acaso le pagaban. Lavar la sangre regada en los asientos y tapetes costaba y hacía perder tiempo de trabajo. Además estaban las complicaciones con la policía al llegar a policlínica. Allí tomaban los datos del conductor y quedaba vinculado como el último lazo viviente con el posible muerto. La situación se volvía engorrosa cuando debían presentarse a declarar varias veces en días distintos, en esos días tampoco se laboraba. El temor a lo legal, hacía invisible a Rosendo Asesinado y a todos los Rosendo desangrados de la ciudad. Aunque los vehículos amarillos atestaban las calles de la ciudad, desaparecían cuando había sangre. Eran tantos los taxis, pero tan pocos cuando realmente se los necesitaba.

El moribundo llegó hasta el Teatro Avenida, allí intentó cruzar la calzada de la Avenida Primero de Mayo, pero el pito de los autos se le iba encima, se lo impedían. La insensibilidad de la ciudad lo atropellaba. Con esfuerzo había hecho el trayecto de media cuadra. El hilo de sangre seguía brotando del tórax, no se detenía. Trazaba sobre el cemento un surco para la germinación de la muerte. Continuó la marcha hasta la esquina del Edificio Coltejer. Recostado en un poste del alumbrado público, realizó el último acto consciente de su vida. Se despidió de una existencia poco afortunada mientras la luz de la lámpara en lo alto, se le venía como una lluvia de rayos disolviendo cualquier otra percepción del entorno, disolviendo hasta su existencia misma. Como en un sueño, oyó el sonido del motor del auto. Se detuvo cerca. El carro de la policía transitaba despacio, se detuvo a unos pocos metros. Dos policías se bajaron y lo ayudaron a subir en la parte trasera del vehículo.

La luz roja se repitió en las fachadas de las construcciones como un eco luminoso. A la intermitencia de la luz se unió el sonido de emergencia prolongado en las calles como el eco de un llanto desconsolado. El auto de la policía transitaba a la máxima velocidad en una competencia abierta contra la muerte. Las calles con poco tránsito en aquellas horas de la noche, favorecían la tarea. En menos de cinco minutos, alcanzó la entrada de Policlínica Municipal. Dos hombres jóvenes salieron con una camilla y entraron al herido de prisa. Cualquier minuto era valioso para salvar la vida a punto de esfumarse.

Adentro, el panorama era desolador. Las camillas filadas en los pasillos, exhibían piernas sangrantes, cabeza cubiertas con vendas, brazos entablillados, antes de ser enyesados. Aquellos pasillos parecían cuotas iniciales para la muerte a cuenta gotas. Rosendo Asesinado no podía abrir los ojos, pero escuchaba todo el barullo desde la distancia. Lo jalonaba hacia el otro lado de la existencia. Sintió y no sintió todos los esfuerzos de los médicos jóvenes para mantenerlo con vida. La vedad, ya no le importaba si lo lograban o no. Había aceptado una especie de resignación hacia el devenir de los hechos. Dejó a las cosas pasara como debían pasar.

Luis Carlos Molina Acevedo

TERRITORIO DE LA MUERTE FORTUITA

Rosendo Asesino comentaba con su compañero las incidencias de la discoteca. Le gustaba ir los viernes a ese lugar porque llegaban mujeres bonitas. Se reía con su compañero del fiasco vivido horas antes.

—¡Qué chimba (órgano genital de la mujer) de sardina (mujer joven y bonita) nos levantamos allá! ¡Uy parce (amigo), mala suerte! Cómo se aparece ese marica en el momento caliente. ¡Uy parce!, porque era polocho (policía), y si no, lo hubiera levantado. Casi saco el fierro (revolver) para darle, pero después me puse a pensar, qué hijueputas (hijos de puta) ponerse uno a calentar el parche (lugar de reunión o encuentro con los amigos) si allá nos la pasamos bien; sí o no parce.

En ese momento, Rosendo Asesino, vio cuando Rosendo Asesinado dobló la esquina de Palacé y luego cambió de acera. Miró a su compañero y como en un acuerdo implícito, caminaron con pasos largos. Cruzaron la Avenida Primero de Mayo, y antes de Rosendo Asesinado darse cuenta, le cayeron encima.

—Entreganos (entréganos) la plata (dinero) o te damos un plomazo.

Rosendo Asesinado intentó argumentar con sus asaltantes, pero éstos sin mediar un segundo aviso, sacaron los revólveres. Rosendo Asesino disparó primero con un revólver calibre treinta y ocho. Antes de caer al suelo, el compañero volvía del revés todos los bolsillos de la víctima. Sacaron la billetera y regaron lo demás sobre la acera. Se alejaron con paso largo, antes de la llegada de los curiosos.

Se marcharon como si nada hubiera sucedido. Dejaron olvidado en el piso a la víctima fortuita de esa noche. De malas si le había tocado el turno.

Rosendo Asesino llevaba un año en la banda juvenil los Nachos. Ya había perdido la cuenta de cuántos tenía a cuestas. Solo recordaba a las personalidades asesinadas por él. Todavía le inspiraban susto. Siempre iban rodeadas de muchos guardaespaldas. No sabía quiénes eran, pero debían ser importantes si tantos los cuidaban. Entre más guardaespaldas, más plata se ganaba. Hacía rato no resultaba un paquete grande, por eso se conformaba con los cuentagotas, puestos por el azar en su camino. Para él, aquello era simple ejercicio de tiro al blanco. Un casual malabar del destino. Si la vida le ponía aquellas víctimas en su camino, era porque estaba escrito así desde hacía tiempo. Ya no le producía ninguna emoción rara. Estaba convencido del poder de la imagen del macho cabrío. La llevaba tatuada en la tetilla izquierda, lo protegía de todo mal y peligro. Una seguridad adicional lo acompañaba desde hacía rato. Nadie podría hacerle daño, se decía a sí mismo, cuando fuera un iniciado de los Adoradores de la Noche.

Rosendo Asesino tenía la certeza de tener el cuerpo cerrado para la muerte. Ese sentimiento no lo abandonaba desde cuando el Papa Negro le posó la mano izquierda en la cabeza. Ya lo había comprobado de todos los modos conocidos. Lo hizo con el juego de la ruleta rusa y la bala recayó en sus compañeros de juego. Lo demostró con la carrera ciega de motos en el Cerro el Volador. Siempre fueron los otros quienes salieron de la vía, mientras él seguía sobre ruedas. La venda negra en sus ojos atajaba todo vestigio de luz. La noche estaba llena del rugir de motores. La marcha era interminable. Ninguno de los dos competidores quería perder el control de la máquina. La carrera terminaría cuando uno quedara por fuera. Era un desafío a muerte. A las tres de la mañana, después de casi una hora de competición, el otro rodó por el barranco. Allí quedó tendido con el cuello destrozado, mientras uno de sus amigos sacaba la motocicleta. Sin remordimientos, los espectadores se marcharon a sus casas, dejando en la orilla de la carretera el cuerpo sin vida. Ese había sido su destino. El espectáculo había terminado y solo quedaba dormir a la espera de qué depararía la noche siguiente. A la espera de nuevos competidores, cansados de la vida. Otros dispuestos a salir por la puerta trasera, de esta vida sin esperanzas.

Después de contar los pocos billetes, quitados a Rosendo Asesinado, Rosendo Asesino y su compañero se dirigieron al sector del Teatro México a buscar droga. También era la esquina de los travestís y las putas. Pero a ellos solo les interesaba conseguir droga. Mientras caminaban, solo tuvieron un comentario para la víctima.

—Ese es mucho gonorrea, cómo se hizo matar por una chichigua (cosa insignificante) de éstas —dijo Rosendo Asesino mientras ventilaba los billetes robados.

Luis Carlos Molina Acevedo

TERRITORIOS DE LA AMENAZA MORTAL

Mientras el cuerpo de Rosendo Asesinado se negaba a despedirse de la vida, afuera en las calles de la ciudad, Rosendo Fantasma continuaba flotando como una amenaza permanente. No había dejado de flotar por años y había tomado rasgos humanos. Lo etéreo de la palabra "violencia" se había vuelto humano en Medellín. Periodistas y gentes comunes hablaban de los muertos de la violencia, como si ésta fuera un ser de carne y hueso. Hablaban de Rosendo Fantasma disparando a los Rosendos y todo seguía muy tranquilo. No había de qué preocuparse si la violencia era la causa del caos social. Ya era bastante consuelo saber quién era el culpable de las víctimas, regadas por el piso de la ciudad, el departamento, el país. La muerte parecía lo normal desde una fecha perdida en el tiempo. La memoria parecía fallar al tratar de recordar cuándo la muerte se había vuelto una actividad cotidiana. La "violencia" disparaba, agredía con armas blancas, explotaba cuerpos entre el ruido de la dinamita y con ellos el recuerdo, dejando solo los pedazos de olvido regados en las mentes. Los responsables de la muerte se diluían en una palabra, despojada de toda significación para los cuerpos insensibles, haciendo su tránsito indiferente por las calles de la ciudad. Rosendo Fantasma revestido con los atributos del ser omnipotente, el ser de la ubicuidad, continuaba impune con su arte de ayudar a la muerte en su tarea. Era el único asesino capaz de estar en arios lugares de la ciudad, al mismo tiempo, sembrando de muerte los territorios urbanos de la vida.

La prensa local fue asaltada en su pobre capacidad de sorpresa, el lunes 4 de julio de 1999. Rosendo Fantasma adormecido por la embriaguez prolongada, olvidó su trabajo diario. Durante veinticuatro horas la ciudad no supo de muertes violentas. Empezó la investigación superflua de las razones de ello y los periodistas alentaron una esperanza vacua. Aquello era el signo del fin de la pesadilla. Rosendo Fantasma quizá había caído abatido como en los milagros de los relatos bíblicos donde Dios con forma humana desciende entre llamaradas del cielo y apacigua de golpe los apetitos humanos. Quizá Rosendo Fantasma, había sido acribillado por las balas furtivas en la noche del amanecer al 4 de julio de 1999.

En medio del optimismo, no se dejó espacio para la duda. No hubo la suspicacia para desconfiar. Tal vez habían guardado los muertos para el día siguiente. Era la prestidigitación de la estadística. Un pase mágico de las cifras oficiales. Un aparecer y desaparecer por decreto. O quizá solo era una simple acumulación de cifras para el resto de la semana. No, siempre es bueno experimentarse en la posibilidad del "qué pasaría si". ¿Qué pasaría si en Medellín no ocurrieran muertes violentas durante 24 horas?, nada, los periodistas se irían al día siguiente a hacer preguntas tontas a los sociólogos y psicólogos. Los periodistas jugarían a desentrañar la causalidad de un hecho circunstancial, mientras Rosendo Fantasma reiría a carcajadas en su guarida, tratando de recuperarse de la resaca. Gozaría a expensas de los periodistas, mientras acicalaba su capa negra del exterminio, antes de volver a las eufóricas calles. Ahora se hace visible de nuevo. Sacude su capa negra para lanzar lejos la cucaracha rubia, se paseaba por sus pliegues. El insecto vuela en forma aparatosa y se esconde apresurada en una grieta oscura. Logra escapar a salvo, porque contra ella no puede nada Rosendo Fantasma.

La violencia es un ser poderoso y fuerte en esta ciudad, departamento, país. Los gobernantes se han creído excusados de hacer algo. La violencia tiene cuerpo, pies y manos, pero no rostro ni huellas dactilares. Rosendo Fantasma es invencible y lo mejor es aprender a convivir con él, mientras a su nombre se saca el mayor lucro económico posible. Hay quienes se enriquecen a expensas de la violencia, de Rosendo Fantasma. Entre tanto, grupos guerrilleros, paramilitares, de vigilancia privada y popular, grupos de asaltantes, bandas de secuestradores y toda la calaña de los antihéroes, se campea oronda con sus armas. Son los asalariados de Rosendo Fantasma. Viven del terror causado entre sus víctimas. Los agentes de la muerte ya no se sacian con la individualidad, buscan la multitud arrollada por las balas. Hasta la muerte ha perdido su capacidad de impacto individual. Pasa inadvertida cuando recae en una sola persona. Se requiere la masacre, la multitud se desploma sobre el piso manchado de sangre. La violencia está obligada a hacer sentir su poder, qué importa si su existencia no alcanza para pagar con cárcel la cadena perpetua, por desaparecer anualmente el equivalente a la población promedio de un municipio colombiano. Rosendo Fantasma se ríe divertido cuando oye decir, en Medellín muere violentamente al año el equivalente a la población promedio de un municipio colombiano, poder de la palabra "violencia", capaz de ocultar a los verdaderos criminales de carne y hueso, responsables de sembrar de muerte la ciudad. Los gobiernos desacreditan la creencia popular en la magia, pero usan la palabra "violencia" como un maleficio, como un abracadabra, capaz de arrasar con miles de vidas. Usan la palabra "violencia" como si se tratara de una catástrofe natural, contra la cual no se puede hacer nada.

En el primer semestre de 1999 se registraron mil setecientas trece muertes en Medellín. La cifra no ha bajado en los últimos años, desde el comienzo del estallido de las bombas. A veces ha estado muy por encima. El promedio de catorce personas y media por día, a veces crece. La cifra se eleva los días de concierto y de partidos de fútbol cuando Rosendo Fantasma sorprende descuidadas a sus víctimas. Agitación de las masas impulsadas a la agresión. Pobreza espiritual de gentes diluidas en la multitud. Empeñan la trascendencia en la droga y el licor. No será difícil alcanzar la cifra de las tres mil quinientas personas al finalizar el año, y es solo una ciudad. Triste balance para despedir el milenio y el siglo, caracterizados porque la razón se consolidó con la ciencia y la técnica. La cifra puede superar las cinco mil personas si se cuentan los municipios aledaños. Ellos constituyen el Área Metropolitana. La ciudad se extiende y se extienden también sus problemas. Se ha vuelto una constante la correspondencia manida entre muerte y pobreza. A las comunas populosas se las hace ver como las de mayores cifras, pero la muerte no sabe de clases sociales y económicas. Los barrios se han vuelto territorios de guerra donde las armas son un producto de la canasta familiar. No hay dinero para comprar comida, pero hasta el muchacho sin terminar la escuela todavía, tiene un arma de fuego. No basta con incautar tres mil novecientas armas de fuego en seis meses, la demanda creciente siempre las hará disponible a bajo costo.

La justicia en estos tiempos, no se ha colocado una venda para ser imparcial, sino para desentenderse de su misión. Los jueces sin rostro, se creyó serían la gran solución para la situación caótica de la justicia. Pero el sistema legal se ha vuelto un negocio. Sus agentes humanos están ocupados en atesorar riqueza, en despojar a sus clientes, se han vuelto insensibles ante los muros de papel de los expedientes judiciales sin esclarecer. Tanto papeleo amenaza con derrumbar edificaciones enteras por exceso de peso. Los expedientes sin solución crecen, pero ellos tienen cada vez más por hacer, aunque no justicia. Entre los expedientes se campean las cucarachas rubias ante la ausencia de justicia. Ellas fabrican allí sus nidos en medio del olvido. La justicia también se quedó sin rostro. Sus jueces cierran sus ojos tras la venda. Los protege del malestar de la realidad insoportable. Continúan llenando de tinta, gruesos manuales sin ningún impacto para la equidad social. Entre tanto, se pasean triunfales los cosecheros de la muerte. Como huestes brotadas del infierno, se pasean con su séquito de perros fieles autorizados por la providencia para matar. Se juntan para el crimen y prolongan la sombra maligna de Rosendo Fantasma por calles, barrios y pueblos. Sombras como cucarachas, libres de la exterminación, aún con el estallido de todas las bombas atómicas del mundo.

La muerte se extiende más allá de los muros de la ciudad. Alcanza a los pueblos otrora ingenuos y moralmente fuertes. Los Doce Apóstoles sembraron el terror entre los pueblerinos de Yarumal. Ahora Rosendo Asesino es apóstol. El pueblo, envuelto por el vapor de agua de las montañas de Antioquia, fue testigo del nuevo apostolado en la tierra, pero no de Dios, sino de la muerte. El grupo de limpieza privada comandado por Rosendo Párroco, se creyó elegido para eliminar la escoria de este mundo. Sus ráfagas selectivas castigaron los cuerpos de prostitutas y vendedores de drogas. La encarnación del pecado ardía en fuego. Los elegidos por la muerte se sintieron seguros en la impunidad ofrecida por la fortaleza de la violencia. Cucarachas morales anidando en las mentes débiles de los fanáticos religiosos. Pero fueron desalojados del trono y sus buenas obras se volvieron también pecados. Los Apóstoles fueron igual de malos a sus víctimas.

La demencia criminal se escuda en los grupos donde los temores individuales se fortalecen, los Pepes inconformes por la exclusión de la jerarquía de mando, empezaron una carrera delictiva contra los de su especie. Rosendo Pepe fue otra extensión de Rosendo Fantasma. Los perseguidos por Pablo Escobar, se arman hasta los dientes para defender su parcela delictiva. Quieren una tajada de la torta en la comercialización de la cocaína. Cucarachas salidas del costal de harina, monas por el cereal en polvo adherido a sus cuerpos. Mueven sus antenas para sacudirse el polvo, pero siguen untadas. Etiología de las hienas anidadas en la sangre. No hay escrúpulos para devorar a sus semejantes. Otro grupo mejor dotado para la muerte. Otros muertos agregados a la ya larga cadena. Nuevos asalariados de Rosendo Fantasma asediando la oscuridad donde la vida es derrotada con facilidad. Más generación de empleo en la economía de la muerte. Las funerarias cavaron sus socavones en la urbe para extraer el oro de la muerte.

La economía crítica halla nuevas vías de desarrollo en la muerte. La recesión de la economía, adquiere una dinámica nueva en la muerte. Una carrera loca de la muerte donde tranquiliza identificar a los buenos y los malos, cuando la vida sigue perdiendo la batalla. Qué más da si son grupos de la ley o al margen de la ley quienes disparan, si la vida continúa exiliada de un país con mucha riqueza natural desperdiciada. Los grupos del orden acusan a los otros de ser los malos, y los marginales acusan a los del orden de ser los malos. Juego del ratón y el gato, en donde no se sabe quién es el gato y el ratón. Son diferentes formas de caracterizar a Rosendo Fantasma y de acusarlo para no hacer nada por la vida.

Pablo Escobar en su diario, justificaba los asesinatos de policías en un imperativo histórico, pues en Colombia esto no era nuevo. Rosendo Traficante se armaba de pudor moral desde lo discursivo. En su testamento de intensiones hallado en la Hacienda Nápoles de Doradal, señalaba cómo los asesinatos políticos tenían vieja trayectoria, lo mismo el de inspectores, concejales, alcaldes, gobernadores y ministros. Él no era culpable por darle continuidad a una historia encarnada en la memoria de las gentes. Acusaba a los grupos del orden de ser las verdaderas fuerzas oscuras, a las cuales se achacaba la mayor parte de las muertes en Colombia. Las fuerzas oscuras, nacidas de la colusión repugnante entre militares y caciques políticos. El gobierno de cipayos, según Escobar, produjo los daños en edificaciones y causó la muerte a miles de personas. Los cipayos fueron los culpables de la creación de doscientas escuelas de sicarios con seis de ellos en promedio dentro de cada una. Delirio de justicieros en medio de una sociedad sin tiempo para entender qué está sucediendo. Rosendos Sicarios desperdigados en la calle, sin

Dios ni ley. Lo mejor es olvidarse de ello, nada ocurre. El mejor camino, las fiestas. Fiestas de tres días financiadas con el dinero del tráfico de drogas. Bacanales donde la mente se libera del terror de la muerte, entregando su consciencia a la bruma del licor y el sexo. Tres días de olvido de un mundo poco halagador. Rosendo Festivo, se olvida con drogas y alcohol, del cementerio de muertos dejado a su paso. Tumbas selladas con discursos de falsa moral, y éticas a conveniencia.

TERRITORIO JUVENIL DE LA MUERTE

Rosendo Fantasma reclutó a sus comandos de caballeros en los barrios de Medellín. Rosendo Banda pasó a ser el aliado perfecto de Rosendo Fantasma. Formó asociaciones para delinquir. En los barrios nacieron también los grupos de autodefensa ciudadana. Bandas y milicias, una mezcla explosiva para dejar muertos a su paso. Una historia comienza con la desmovilización del M-19. Los guerrilleros salieron del monte y levantaron campamentos urbanos en Cali, a la expectativa de cuanto pudiera ocurrir con las negociaciones. Campamentos donde continuaba el entrenamiento militar, no solo de guerrilleros, sino también de ciudadanos corrientes. Cuando la negociación llegó al final, el acuerdo no fue satisfactorio para todos, como sucede con toda negociación. Como ruedas sueltas, quedaron algunos grupos de milicia derivados de aquellos campamentos de 1984. Por caminos distintos, el poder de las milicias se hizo manifiesto en Medellín. En 1987, de entre las filas del Ejército de Liberación Nacional ELN, se crearon las Milicias Populares como un apoyo a algunas iniciativas comunitarias de autodefensa. El grupo de disidentes guerrilleros formó estas milicias, se reunió en el municipio de La Estrella, Antioquia. Su lucha ya no estaba en el monte, fue la decisión tomada allí, sino en los barrios asolados por la violencia juvenil. Era el cambio de rumbo de Rosendo Fantasma, enamorado de las armas y de las balas para dejar tendidas a las personas, en el piso, sin respiración, sin signos vitales. Es fácil encontrar excusas para continuar con un romance de años.

El llamado "fondo oscuro", otro nombre para Rosendo Fantasma, trajo una explosión de bandas juveniles desenfrenadas en su acción a finales de los años 1970. Sembraron el miedo en los barrios populosos de Medellín y se creyeron con derecho a la satisfacción de sus más bajos instintos. Los Priscos del barrio Aranjuez, directamente subsidiados por el Cartel de Medellín, se dieron a la tarea de armar grupos de jóvenes en los diferentes barrios de la ciudad de Medellín. Dos hermanos, le dieron vida a Rosendo Sicario. Una familia se sale del circuito genético, con el cual algunos teóricos han pretendido explicar el fenómeno de la violencia en Medellín. De los Prisco, salieron dos hijos para el sicariato, y uno para la medicina. Gran contradicción para los hechos explicados o sin explicar. Dos hijos quitando vidas, y uno salvando vidas. Salvar o quitar vidas, ocurriendo dentro de la misma familia. Entonces, cómo puede la teoría genética explicar esta divergencia de asuntos de muerte y vida.

A través del cartel del narcotráfico, no solo se proveía de armamento a las bandas, sino también de entrenamiento militar. Los Prisco eran el puente entre Rosendo Fantasma y Rosendo Sicario. Necesitaban hombres diestros para los diferentes trabajos, requeridos por la mafia de Medellín. El poder en manos de quién nunca lo había tenido, trajo la locura colectiva. Las bandas comenzaron a multiplicarse en los barrios. Los Escorpiones en el barrio El Diamante, ganaron pronto el concurso de la crueldad. Sus crímenes atroces amedrentaron a todos los habitantes del vecindario, quienes los dejaron reinar a cambio de vivir. No respetaban la vida ajena y menos la propia. Pronto comenzaron a quedar tendidos por las mismas balas con las cuales habían creído alcanzar la inmortalidad. La banda se extinguió totalmente, así como se había creado.

Como una semilla germinada, surgió la banda de los Magníficos. Cual jinetes sueltos en el Viejo Oeste, montados en sus motocicletas rugientes, colmaban la carrera 74 del barrio Castilla. La caravana por sí misma infundía ya bastante pánico. Sembraron terror con sus actos bestiales en los barrios de Castilla, Pedregal, Santander, y Florencia. Su gran centro de acción era la Calle del Diablo del barrio Santander. Fue una banda poderosa por la cantidad de sus miembros, el armamento y la ferocidad mostrada. Pronto los trabajos encomendados por la mafia, fueron insuficientes para mantenerlos satisfechos. Decidieron buscar nuevos horizontes. Comenzaron a obrar por su cuenta. Atraco a entidades bancarias, ataques a las patrullas de la policía y otras transgresiones de la ley, fueron copando la paciencia de los ciudadanos. Estos muchachos locos todavía no terminaban el bachillerato. Fueron quedando tendidos en las calles de los barrios donde erigieron su reinado a fuego y sangre. Algunas veces empujados por las mismas balas disparadas por amigos, otras veces por ráfagas salidas de las ventanillas de autos sin placas. Autos como lobos al acecho, sorprendían a la víctima con el zarpazo certero. La muerte se vestía de payaso, para matar a carcajadas a tanto adolescente descarriado. Las carcajadas sonaban como ráfagas para silenciar la vida de los jóvenes sin futuro.

Para mediados de los años 1980, el fenómeno de las bandas juveniles era generalizado en Medellín y ya alcanzaba al Área Metropolitana. Rosendo Banda, dotó de juventud a la muerte en la ciudad. Los Killer de Bello, parecían empeñados en ganarle en crueldad a la banda de los Escorpiones y de los Magníficos. La edad de sus integrantes había descendido considerablemente. Algunos todavía estaban en la escuela primaria. Su crueldad era mayor, dada la escasez de edad, una edad cuando todavía no se había inculcado la inhibición de la acción por la norma. Disparaban sus armas como en un juego de mímica. No había diferencia entre los juegos de computador y la vida real. Con la misma facilidad, se dejaban regueros de muertos en unos y otra. Era una continuidad en la acción, donde no había consciencia para percibir el cambio de escenario.

Los Killer actuaban inspirados por los personajes malos vistos en la televisión. El concepto moral de malo no los alcanzaba, porque luego veían resucitar al muerto en la siguiente película. Aparecía rozagante y lleno de vida, listo para recibir nuevas heridas y nuevas muertes. Fue una época cuando las tecnologías foráneas, de comunicaciones, irrumpieron sin dar tiempo a pensar qué sucedía. La frontera entre la realidad y la ficción se borró. Los chicos se creyeron capaces de volar. Se lanzaban de las terrazas de sus casas vistiendo la capa de Superman. Se rompían los huesos contra las aceras y algunos quedaban paralíticos. El lugar de la fantasía, ocupado antes por los mitos regionales como la patasola y la madremonte, pasó a ser ocupado por los enlatados. Los héroes del celuloide empujaban a la acción inmediata, ignorando las leyes físicas del mundo. Se debió reaprender las leyes de la física con dolorosos golpes, y hasta con desapariciones de la esfera vital.

Casi a la vez con los Killer, se gestó la banda de los Nachos. Con características similares, parecían transpirar violencia en vez de sudor. Pronto cultivaron la semilla del miedo en los barrios Popular

Número Uno y Dos, Santa Cruz y Villa del Socorro. Estas bandas ganaban renombre por el número de sus miembros y por sus actos sangrientos, pero en todos los sectores populosos de la ciudad existían bandas juveniles. Llegaban a las armas a temprana edad. Eso los dotaba de toda la inmadurez mostrada en sus actos. No respetaban el vecindario ni su entorno vital. Robaban a sus vecinos. Violaban a sus amigas y no amigas. Introducían toda la fetidez de los vicios en los barrios donde vivían, en sus guaridas. La reacción de los habitantes fue la de soportar resignados. Ya ni siquiera había dónde poner denuncias. Los policías estaban bastante ocupados tratando de defender la vida propia. Un policía era la tentación para cualquier joven o niño inexperto. Un policía podía ser la solución a la miseria padecida. Un policía muerto, valía un millón de pesos. Muchos se atrevían a disparar, porque era la única opción de conseguir buen efectivo. Rosendo Sicario, empeñaba su existencia por algo de dinero. Pero la paciencia tiene también sus límites.

En el barrio Manrique Central y Manrique Oriental, los vecinos comenzaron a juntarse para defenderse de la ola criminal. Ante la incapacidad del Estado para defender sus vidas, conformaron grupos de autodefensa ciudadana. Rosendo Fantasma, ahora tenía nuevo nombre, y nuevo rostro difuso en las sombras de la noche. Rosendo Autodefensa, tenía su propio código moral para solucionar los problemas de la ciudad. Colectaron entre ellos mismos el dinero para comprar las armas y se turnaron para patrullar las calles durante la noche. El conflicto social se agudizó. Las noches comenzaron a llenarse de muertes. Las cucarachas rubias salieron de sus trincheras, sacudidas por la tronera de disparos. Se asomaron para ver qué pasaba, pasaron la vista por la escena y como nada les concernía, volvieron a sus guaridas. Las vidas de los jóvenes se iban entre la bruma narcótica. Ésta impedía distinguir si eran flores rojas o sangre, lo brotado del pecho moribundo. Los jóvenes fueron alertados por aquellos fantasmas surgidos de la noche. Parecían conocer todos sus movimientos, sus secretos. Pronto lo descubrieron, sus vecinos se habían vuelto una amenaza peligrosa. Se volvieron más cuidadosos y más sangrientos. Entonces, la buena voluntad de los hombres trabajadores de los barrios, se volvió insuficiente para controlar la oleada de sangre. Ésta como un fuerte ventarrón empujaba los cuerpos hacia el asfalto de donde no se levantaban jamás. Pese a las dificultades, la idea de la autodefensa ciudadana se extendió a otros sectores de la ciudad.

Con este panorama, en 1987 una fracción disidente del ELN, decidió trasladar su lucha del monte a la ciudad, al lado de esos hombres en desventaja quienes trataban para defender la dignidad humana. Rosendo Guerrillero, consideró ya era tiempo de presentar en sociedad a su hermano menor, Rosendo Milicia. Rosendo Milicia cobró existencia entre el panorama confuso de la ciudad. Las Milicias Populares comenzaron a apoyar a los grupos de defensa ciudadana y la guerra no declarada adquirió nuevos giros. El éxito de esta estrategia guerrillera, llevó a las Fuerzas Armadas Revolucionarias de Colombia FARC, a pensar en serio sobre las milicias. En 1989, se reunió el Estado Mayor en Casa Verde. De esa reunión se derivó la creación de las Milicias Bolivarianas como un brazo urbano de la guerrilla. El objetivo de estas milicias no era solo los criminales de barrio, sino también la clase opresora de las ciudades.

Las Milicias Populares lo tenían claro. Los nuevos objetivos de guerra eran los "pillos" de los barrios como ellos denominaban a violadores, drogadictos, sicarios y ladrones. Todos parecían saber cuál era la solución, menos las fuerzas del orden y los gobernantes. La ciudad, el departamento, el país, se llenó de soluciones engañosas. Terminaron siendo nuevos problemas en el ya complejo panorama urbano. Comandadas por Carlos Hernán Correa, dirigieron su acción hacia los barrios Popular Números Uno y Dos, Granizal, Santa Cruz, San Blas y el Raizal. Pronto dieron a Carlos Hernán Correa el alias de Pablo García, en una abierta contraposición con Pablo Escobar. La lucha más encarnizada fue contra los sicarios del narcotráfico. Hasta las cucarachas rubias se sacudieron en sus cuevas, con tanto estertor. Entre sacudida y sacudida, se veían tentadas a salir al exterior para saber qué pasaba. Pero finalmente decidían seguir encuevadas, bien sabían ellas qué sucedía.

La guerra se declaró en un territorio de trescientos cincuenta mil habitantes. Habitantes aterrorizados por los muertos regados en las calles. Tropezaban con ellos mientras caminaban en busca del autobús para ir al trabajo en las mañanas. El promedio mensual de muertos en este territorio de la muerte fue de ciento cuarenta. Las Milicias habían creado su propio código de sanción social. A los sicarios y violadores los mataban sin mediar palabra. A estos los consideraban como seres desahuciados. Habían empeñado su vida hacía tiempo, y no debía pasar un minuto más sin pasar la cuenta de cobro. A los drogadictos y ladrones, en cambio, les avisaban. Debían corregir su conducta. Volvían y les avisaban, si no se corregían. Y finalmente los mataban si las advertencias no lograban su cometido.

La muerte de Pablo Escobar en 1993, hizo pensar, a las gentes de la ciudad de Medellín, en el fin de la violencia. Con Rosendo Traficante, tendido sobre el techo de una vivienda, sin vida, había llegado el final para Rosendo Fantasma, había sido al fin alcanzado por las balas. Esto demostraba algo no evidente antes. No era un ser etéreo, sino de carne y hueso. La amenaza había sido abatida. Pero el triunfalismo fue desmesurado y apresurado. Habían escuchado hasta la saciedad decir a los gobernantes y medios de comunicación cómo el cabecilla de la mafia era el causante de los problemas de la ciudad y del país. Rosendo Traficante era el dolor y el llanto prolongado al lado de cada nueva tumba abierta en la ciudad. Ahora oían por todas partes la noticia de su muerte, respiraron hondo y se hicieron a la idea del regreso de la calma después de un diluvio. La realidad fue otra. No hubo tal calma. La esperanza había vuelto a ser burlada. El gobierno departamental preocupado, comenzó una serie de diálogos para convencer a las milicias de la necesidad de la desmovilización, ahora cuando el fantasma del narcotráfico había desaparecido. En Junio de 1994, logró firmar el acuerdo por el cual se desmovilizaban las Milicias del Pueblo y para el Pueblo, Milicias Metropolitanas y Milicias del Valle de Aburrá. Menos de un mes después, el 7 de Julio, Pablo García fue asesinado.

Así como hubo quien se alegrara con la muerte de Rosendo Traficante, también quién se entristeciera. Fue un duelo prolongado y lloroso. No solo Rosendo Sicario, también los Rosendo Anónimos creían haber sido ayudados por él. Muchos Rosendo y Rosendas habían recibido de él lugares en donde vivir. La romería hacia la tumba de Rosendo Traficante, se volvió todo un acontecimiento. Muchos acudían ante su lápida para implorar milagros. Muchos otros difundieron con euforia cómo Rosendo Traficante estaba haciendo milagros. El misticismo popular se aferra con esperanza a cualquier creencia para darle vida y existencia a lo sobrenatural.

Con la firma del convenio de desmovilización, se dio vía libre a la creación de Coosercom. La Cooperativa le dio vida institucional y legal a las Milicias ilegales de antes del pacto. Algunos aceptaron integrarla, otros se negaron a ello. La cooperativa debió seguir enfrentada a los sicarios y a las milicias no desmovilizadas como las Brigadas de Resistencia Popular, BRP; Los Comandos de Resistencia Popular, CRP; y los Comandos de Milicianos Revolucionarios, CMR. Rosendo Milicia se balancea sobre el filo de la navaja de OCAM. No sabe si ser bueno o malo. La violencia generada por grupos organizados sigue siendo la pesadilla de la ciudad de Medellín. Los alcances bestiales de estos grupos llega a límites insospechados dada la mezcla de satanismo, religiosidad desviada y música ligada a la práctica cotidiana de la muerte. Todos estos son los atributos humanos de Rosendo Fantasma. Se niega a fallecer ante la fiereza de las balas, así atraviesen su cuerpo. Por el contrario, los plomos anidados en sus órganos vitales, parece volverlo más despiadado. Resurge con una fortaleza insospechada. Cada plomazo parece dividirlo en partes para dar paso a una saga de Rosendos: Rosendo Guerrillero, Rosendo Pepe, Rosendo Traficante, Rosendo Milicia, Rosendo Banda, y muchos más Rosendos sin rostro, pero igual de mortíferos.

Luis Carlos Molina Acevedo

La Muerte se Viste de Payaso

El vecindario de la Calle del Diablo, en el barrio Santander de Medellín, todavía hablaba de la gran fiesta. Los integrantes de la banda Los Magníficos la habían hecho a mitad de semana. El miércoles había sido de francachela. Nadie sabía por qué, pero el golpe debía haber sido grande, porque no repararon en gastos. El dinero les sobraba. La fiesta había sido en la casa del jefe. Rosendo Sicario había llegado a la jefatura cuando faltó el anterior jefe, el fundador de la banda. Era el único cucho (viejo) del grupo. Tenía veinticuatro años cuando lo mataron. Todos los demás, tenían menos de dieciocho años, incluido el nuevo jefe.

A la vez con el rumor de la fiesta, al día siguiente se regó el nuevo rumor. El jefe estaba recluido en su casa. No quería salir ni a la puerta de la casa. Ya se había regado la noticia. Se sabía quiénes habían sido los asaltantes a la sucursal de la Caja Agraria. Los Magníficos habían dado un paso en falso. De ahí provenía el dinero para la francachela. Le habían puesto precio a la cabeza del jefe de la banda y por eso éste no salía ni al baño.

Al domingo de esa semana, Pinguito, un niño de siete años, jugaba como de costumbre en la calle del Diablo. Alguien le pidió llevar un mensaje a cambio de unas monedas. Tocó la puerta de la casa del jefe. Una hermana fue la encargada de atender la llamada. Eran las tres de la tarde. El vecindario todavía no salía de la modorra del almuerzo. Muchos hacían la siesta a esa hora. Los domingos se almorzaba tarde.

—Rosenda Enamorada está en la esquina —dijo Pinguito.

—¿Qué? —preguntó la hermana sin entender.

—Avísele a Rosendo Jefe. Rosenda Enamorada lo espera en la esquina.

La hermana se asomó para mirar hacia la esquina. Efectivamente, allá estaba la joven de quince o dieciséis años. Sin comprender mucho la razón de todo aquello, entró a buscar a Rosendo Jefe para darle el mensaje. Rosendo Jefe también se extrañó. Esa chica le gustaba mucho pero siempre había recibido sus devaneos como respuesta. Ahora venía a buscarlo sin más. Le había ofrecido dejar la novia para quedarse con ella, y de nada había servido. No entendía a qué se debía ese cambio de actitud.

Se asomó a la puerta para mirar hacia la esquina. Todavía no creía fuera ella quien estuviera allá. Se sorprendió al reconocer la esbelta figura. Dudó sobre qué debía hacer. No terminaba de entender por qué ella estaba allí. Se convenció a sí mismo, pensado en lo impredecible del comportamiento de las mujeres en el amor. Primero se hacían las interesantes y luego se interesaban cuando no interesaban en ellas.

Caminó despacio hacia la esquina. Miró a todos lados para comprobar si el terreno era seguro. De todos modos, no estaba lejos de su casa. Cualquier escaramuza le daría tiempo de encerrarse y buscar sus armas para defenderse. Saludó a la chica de beso en la mejilla. Se recostaron en los muros de la casa de la esquina de la calle del Diablo y empezaron una conversación de antiguos novios.

No habían pasado cinco minutos, desde cuando la pareja había empezado su charla enamorada. La camioneta negra bajó despacio, con la parsimonia de la muerte. Se detuvo frente a la pareja. Sicario Jefe alcanzó a girar la cabeza para mirar hacia el auto. El enamoramiento lo había absorbido por completo, llevándolo a olvidar las medidas de seguridad. Se encontró de frente con el rostro sonriente. El payaso esbozaba una gran sonrisa pintada de rojo por fuera de los labios, como anticipando la diversión a punto de comenzar. La negra arma subió hasta la altura de la ventanilla, para quedar de frente a Rosendo Jefe. Éste trasladó su mirada de la boca roja grande, hacia el negro tuvo del arma. Quiso reaccionar, correr, escapar, salir de la trampa, tendida por la joven, pero un quemón en el pecho lo detuvo. Luego fue el sonido explosivo. Se multiplicó en eco por la calle del Diablo. La gran carcajada del payaso de la muerte, se prolongó en disparos sonoros. Interrumpió las siestas de los vecinos. Asustados, buscaron las puertas, los balcones para mirar qué estaba sucediendo.

Antes de los curiosos alcanzar visualmente la escena, se escucharon otros dos disparos. Vieron al payaso con su sonrisa grande, guardar el arma. Luego accionó la camioneta negra para alejarse de prisa. Había llegado lentamente y se alejaba a toda velocidad para ocultar la identidad, no cubierta por su disfraz de payaso. La joven de la belleza tentadora, se esfumó en medio de la confusión de los disparos y los gritos. En la acera de la esquina de la calle del Diablo, el cuerpo de Rosendo Jefe se doblaba como en cámara lenta, para rodar por el piso. Agonizante, trataba de atajar con sus manos la sangre. Fluía de su pecho. La hermana y la madre pronto estuvieron a su lado, atraídas por el sonido de los disparos. Casi de inmediato, supieron era su hermano, su hijo, como en una premonición. Ellas también se esforzaban para atajar la sangre. Ya no quería permanecer más en aquel cuerpo. Como enloquecidas gritaban. Alguien detenga un taxi, pedían.

Los taxis bajaban, paraban, y apenas veían la sangre, aceleraban para alejarse como si hubieran sido espantados por un fantasma. Varios familiares y curiosos debieron atravesarse en la calle, hasta cuando un taxista se detuvo. Entre varios levantaron el cuerpo casi sin vida y lo subieron en la parte de atrás del vehículo. A pocas cuadras de recorrido, el cuerpo de Rosendo Jefe dejó de existir. Aún así, los familiares insistieron en llegar con él hasta Policlínica.

La calle del Diablo era el territorio de la muerte por excelencia del barrio Santander, eran muchos los muertos en aquel trecho de cien metros. Nadie recordaba ya a cuántos ascendía. Ahora sus habitantes solo sabían cómo acababa de cobrar la vida del jefe de Los Magníficos, y quizá algo de paz llegará a aquel sector de la zozobra continua. Los tiroteos en la noche, en el día, cansaban la vida. Las balas perdidas dejaban sus rastros en los agujeros de las paredes, de las puertas, y de las ventanas. La gente no se animaba a repararlos, porque podía sorprenderlo una nueva balacera en ello.

Luis Carlos Molina Acevedo

Zapatero a tus zapatos

Sandalio era considerado el mejor fabricante de calzado artesanal del sector de Guayaquil en el centro de la ciudad de Medellín. El taller donde trabajaba, estaba ubicado en el segundo piso de la esquina de Maturín con Carabobo. Esa edificación desapareció con la construcción del viaducto del Metro de Medellín.

A las cuatro de la mañana, Sandalio llegaba a su lugar de trabajo. Le gustaba madrugar porque en las primeras horas le rendía la labor. Luego había muchas distracciones, podían empezar incluso a las cinco de la mañana. A esa hora entraba bien el primer aguardiente. Sandalio clasificaba en dos grandes grupos a las personas cuando se relacionaban con él, quienes invitaban a un aguardiente y quienes no. Bajaba desde el segundo piso hasta la planta baja, en donde había un bar. Allí empezaba una corta o larga tertulia, dependiendo del invitante de ocasión. Era un asiduo lector. Podía hablar de todos los temas, así su interlocutor fuera muy académico. No había estudiado, pero había aprendido del mundo a través de los libros. Recitaba de memoria todo el Parnaso poético de Colombia.

—Hombre Sandalio, ¿el pedido de zapatos sí estará para hoy? —preguntó esperanzado el cliente en haberle ablandado el corazón con los aguardientes. Esa táctica funcionaba con Sandalio y aceleraba el pedido por encima de los demás en lista de espera.

—No sé, hoy me iré temprano para la casa. A más tardar a las tres de la tarde, debo irme —respondió Sandalio con un rostro serio nunca mostrado antes.

—¿Y de dónde acá ese afán de madrugar para la casa? —preguntó sorprendido el cliente, pues este hombre nunca llegaba a su casa antes de las once de la noche. No podía resistirse a la tentación de tomarse los aguardientes todos los días, después de terminar la jornada de trabajo.

—Debo arreglar un problemita.

—Y ¿debe ser hoy?

—Sí.

—Y ¿qué pasó pues?

—Un malparido de la banda de los Nachos está asediando a mi hija después de la salida del colegio y voy a ir a pararlo. Debo arreglar eso hoy porque ayer amenazó con hacerle algo a la familia, si no atendía sus pretensiones.

—Hombre Sandalio, ¿y sí es buena idea? Recuerde, esa gente anda bien armada y en manada.

—No me importa. Por allá tengo un pedazo de escopeta y con eso por lo menos le meto miedo. No hay nada más qué hacer. Por allá la policía no va. No hay a quién acudir. Todo depende de uno. No me importa si me mata. Pero debo resolver el problema. A mi hija no le seguirán faltando al respeto.

Desde ese día, Sandalio no se volvió a ver en el trabajo. Faltó durante semanas enteras y nadie daba razón de él. Mucho tiempo después, se supo lo sucedido. Sandalio había cumplido su promesa ese día. A las tres de la tarde abandonó su lugar de trabajo y se fue para su casa en el barrio Santo Domingo Sabio. Con su destartalada escopeta se fue a esperar el paso de su hija al regreso del colegio. Se situó a un lado de la calle en tierra. En época de lluvias se formaba un gran fango en ella. Por allí debía pasar su hija, y con seguridad, también su agresor. Estaba ubicada a unos doscientos metros del Colegio Pablo Sexto. Hacia las cuatro y diez, vio a su hija venir del lado izquierdo de la calle. Esperó paciente, oculto, para no despertar sospechas del agresor. Él venía tras ella diciéndole frases soeces. Cuando los tuvo al frente, salió intempestivo. Sin dar tiempo al malhechor de recuperarse de la sorpresa, levantó su destartalada escopeta y la apuntó hacia el joven. Accionó el gatillo para borrar de la faz de la tierra a aquella mala hierba. Por la buena o mala suerte, el cartucho se encasquilló y no pudo terminar su misión.

El joven, todavía sorprendido, se quedó paralizado con la impresión. Se demoró para reaccionar después de ver cómo el cartucho se había negado a terminar con su vida. Tembloroso y con un gran susto de muerte en todo su cuerpo, sacó su arma y la disparó por instinto contra Sandalio, quien se le abalanzaba encima para molerlo a golpes. El disparo le alcanzó el área de la pelvis. El joven huyó asustado, sin detenerse a corroborar si le había dado o no a su agresor. Solo pensaba en ponerse a salvo de aquel hipase.

Los curiosos levantaron el cuerpo sangrante de Sandalio, quien tirado en tierra, hacía muecas de dolor. Lo subieron en un auto, tan destartalado como la escopeta de Sandalio. El vecino buscó con urgencia las llaves y corrió todo cuanto pudo para llevar al herido a un centro asistencial. Allí lograron mantenerlo con vida, pero quedó paralítico en silla de ruedas. Otro territorio de la muerte cobra sus víctimas. Los vecinos se arman para enfrentar el apetito desbordado de jóvenes quienes no han aprendido a vivir y ya manejan armas de fuego. Rosendo Vengador, empuja con sus manos la silla de ruedas, frustrado por el intento fallido. Nadie más volvió a saber de él en el centro de la ciudad. Las cucarachas rubias se apoderaron del lugar antes ocupado por el mejor artesano de zapatos. Un artesano recordado por su capacidad para recitar de memoria el Parnaso poético de Colombia, y quien olvidó el verso más importante: zapatero a su zapato.

Luis Carlos Molina Acevedo

Dígale a Julio lo de Junio

—¿Qué hay de Julio? —preguntó la voz del otro lado del teléfono.

—Él está cerca —respondió la mujer, al reconocer a la propietaria de la voz, del otro lado de la línea.

—Dígale a Julio lo de Junio —la mujer al teléfono, comprendió de inmediato el mensaje. La mujer estaba pidiendo ayuda, pero no podía decirlo por teléfono.

—Tranquila, ya mismo le mando a decir —dijo la mujer con tono consolador y dando a entender, había entendido el mensaje de ayuda.

En la tarde, el teléfono volvió a sonar en una casa del municipio de Salgar.

—¿Pudieron hablar con Julio?

—Sí. Mañana va para allá.

Julio llegó, acompañado de otros tres hombres, hasta el barrio Santa Cruz. Llegaron en un carro de modelo antiguo. Bajaron varios costales del baúl y los entraron a la casa de Rosenda Maternal.

—Cuénteme qué sucede, cuñada.

—Los muchachos del barrio, le dijeron a Rosendo Estudiante, se debe ir del barrio.

—Y por qué.

—El domingo, uno de los de la banda, pasó con la novia por el frente de la casa y Rosendo Estudiante estaba en el balcón. Estaba distraído pensando en sus labores del colegio, cuando el tipo preguntó por qué le estaba mirando la novia. Él le dijo negó tal cosa.

Pero el tipo insistió en ello y entonces le dio tres días para perderse, si no quería ser comida de gusanos. Necesito, cuñado, me diga qué se hace en estos casos.

—No se preocupe, eso lo arreglamos hoy mismo, cuñada. Hoy en la noche les hacemos un fogoneo. Con eso les dejaremos las cosas claras. En adelante no se podrán meter con ustedes. Mañana hablamos con ellos y les ponemos las condiciones. Cuando sepan a qué se enfrentan, van a reconocer su gran error. Con las FARC no se juega.

A la una de la mañana, Julio y los otros tres hombres, se encaramaron en la terraza de la casa de su cuñada. Comenzaron a disparar los fusiles, traídos en costales. Dirigieron los tiros sonoros hacia los lugares donde sabían, estaban los sitios de vigilancia de la banda. Cuando se lleva tanto tiempo en la selva, es fácil saber en dónde se agazapa el enemigo. La tronera tomó por sorpresa a todo el mundo. Los miembros de la banda no salían de su asombro. No entendían cómo habían logrado sorprenderlos. Pensaron, sería la noche de su extinción. Fuera quienes fueran sus enemigos, los superaban en la potencia de las armas. Cuando identificaron la procedencia de los disparos, se preguntaron a qué hora esos campesinos habían conseguido un armamento tan sofisticado. Los vecinos también se trasnocharon atemorizados. Nunca habían escuchado una balacera de aquel calibre, en sus vidas. No sabían si los disparos sonoros provenían de la banda o si eran los de sus enemigos, pero aquello no auguraba un buen futuro inmediato para el barrio.

Al día siguiente cuando, Julio y sus compañeros, buscaron a los muchachos de la banda, no necesitaron identificarse. Con solo verlos, supieron quiénes eran. Era como si los guerrilleros de las FARC tuvieran un distintivo especial. Se disculparon por el mal entendido y prometieron no meterse de nuevo con la familia. Rosendo Guerrillero vio cómo era de fácil accionar en los territorios de la muerte. Pero aún así regresaron al monte, a su lugar natural y contuvieron la tentación. Casi un año después, sería la arremetida de las milicias. El nuevo actor en los territorios de la muerte. El nuevo aliado de Rosendo Fantasma.

TERRITORIOS SATÁNICOS DE LA MUERTE

En 1995, la ciudad de Medellín, fue sorprendida con la noticia del robo de restos óseos del Cementerio Universal. Al parecer, grupos satánicos los usaban en sus rituales. Este fue el síntoma visible. Alertó a la ciudadanía sobre las prácticas ocultas, realizadas en barrios populosos. Los jóvenes entraron por los muros posteriores del cementerio y pudieron elegir a sus anchas. Aprovecharon los arrumes de basura, arrojados por los vecinos del lugar contra el muro. Hacía rato habían alcanzado el nivel superior de la pared. En la escalada también los ayudó las ranuras abiertas con piedras entre los adobes.

El 31 de Octubre de 1995, los Adoradores de la Noche, saltaron el muro posterior del Cementerio, y caminaron hacia los panteones de Jubilados del Departamento, Cooperativa de Funerarios, Jubilados del Ferrocarril, y jubilados de Conaltés. El conjunto de bóvedas del extremo del Cementerio con su atmósfera de encierro, era el lugar propicio para la profanación de tumbas. En la mesa para la contemplación final de los muertos del panteón de Jubilados del Ferrocarril, erigieron el altar. Llegada la media noche, cuando empezaba el primero de Noviembre, decapitaron el gato negro. Lo habían llevado encerrado en una caja de madera. La sangre manaba a borbotones. Fue recogida en un cáliz negro. Cuando la copa estuvo rebosante, el Papa Negro, el oficiante de la noche y el miembro con más experiencia en el grupo, la llevó hasta el altar. La plancha de cemento cubierta con un mantel negro, estaba demarcada en cada una de sus cuatro esquinas por un cirio negro encendido. Las llamas danzaban llevadas por el viento. El Papa Negro colocó la Biblia Satánica en mitad de la mesa y comenzó a rezar oraciones cristianas al revés, mientras los concurrentes lo seguían con fervor. Rosendo

Satánico había entrado a la vida pública de la ciudad, por la puerta de la misa negra.

A la hora de la comunión, el oficiante destapó la vasija metálica con las hostias. Las consagró y luego invitó a los presentes a unirse en cuerpo y alma con Satán. Sumergía en la sangre las delgadas esferas de harina de trigo, horneadas, y las depositaba en la punta de la lengua de los fieles. Tanto los aspirantes, como los iniciados y satánicos, participaron del banquete infernal. Los acercaba al amo de la noche. Luego los satánicos, los más experimentados y de mayor rango del grupo, dieron comienzo al ritual del Latijam. El terminar el ritual, el grupo tendría un nuevo iniciado. El aspirante con sus actos satánicos se había ganado el derecho a ser otro iniciado del grupo, otro Rosendo Satánico. Acabado el ritual, algunos de los aspirantes a iniciados, comenzaron la tarea de destapar las bóvedas. Con la mente perdida en la niebla del narcótico, abrazaron las osamentas. Las luces de las cámaras fotográficas cayeron como rayos en la noche sobre aquellos recintos oscuros. Algunos se atrevieron a acostarse al lado del muerto en descomposición para obtener una foto inolvidable, dentro del lecho de la bóveda. Querían recuerdos perdurables de aquella noche satánica. El volumen de la grabadora llegó al límite. El sonido del rock, lanzaba ondas contra el cemento de las bóvedas como queriendo despertar a los muertos. El ruido de las canciones cantadas al revés para restituir el mensaje satánico, atrajeron la atención del celador. La luz de la linterna alertó de la presencia del hombre. Aprisa tomaron los objetos usados y huyeron sin poder borrar todas las huellas del ritual infernal.

Rosendo Satánico no fue iniciado en el Cementerio Universal. Su servicio a Satán empezó en una iglesia satánica. El Papa Negro vivía allí. Al fondo y a través de una puerta secreta, se llegaba hasta el salón de paredes negras donde se realizaban los aquelarres. El altar estaba iluminado con velas blancas y velones negros. La imagen del cabrón con cara de diablo, coronaba el altar. El único Cristo en el lugar, estaba colgado patas arriba, rodeado de cabezas de animales sacrificados. Quedaba allí el recuerdo de los gatos, ratas y gallinas sacrificadas en los rituales. Una misa negra especial, debía tener como sacrificio, el aborto de una mujer preñada. Era el máximo tributo a Satán. Se hacía cuando se quería hacer un trabajo peligroso y demandaba mucha protección del señor del mal. Este ritual tenía mayor mérito si la mujer había sido embarazada por el Papa Negro.

No faltaba ningún elemento para darle vida a la religión de las tinieblas. Los rituales y la disposición de los espacios habían terminado por convertir al satanismo en una religión de amplia aceptación en la clandestinidad.

Las raíces se remontaban a algunas prácticas marginales de la Edad Media. Ahora, además de la Biblia Satánica, se disponía de libros. Describían con claridad los rituales satánicos. En ellos se hablaba de la organización de las iglesias dedicadas al señor de la noche. Eran iglesias identificadas con los lineamientos impuestos por la primera iglesia satánica erigida en Estado Unidos. La misma iglesia fundada por Anton Szandors Lavey en 1966. Ella causó bastante enfado entre los diferentes grupos religiosos. Eran lugares fieles a los signos para introducir al iniciado y al practicante en el territorio del mal. Terminado el ritual de iniciación de Rosendo Satánico, el Papa Negro le permitió elegir a una de entre las mujeres presentes. Escogió la del rostro angelical y mirada perversa. Lo había llevado a la iglesia por primera vez. La tomó del brazo y se dirigió a uno de los costados de la iglesia donde estaba el lecho negro de las orgías. Empotrada en la pared y arriba de la cabecera, estaba la trinidad satánica: el demonio, el anticristo y el falso profeta. Los concurrentes se excitaron en la contemplación de la agitación de los cuerpos. Esperaron el deslizamiento de la corriente espermática de Rosendo Satánico y se entregaron a la orgía desenfrenada para cerrar el ritual de iniciación.

La violencia organizada, contaminada con elementos satánicos, puede llevar a una agresividad demencial. La mente liberada de las talanqueras morales es capaz de cualquier acción. Los signos satánicos acompañan a los agentes de la muerte en Medellín. Estrellas de cinco puntas invertidas, calaveras, cruces invertidas se repiten en calcomanías, estampados en camisetas y chaquetas, y hasta tatuajes en la piel. El infierno como la noción poética del comienzo, se había vuelto una realidad inmediata en donde se sumergían las personas de todas las clases sociales. Los grupos satánicos no son un fenómeno de barrios populares, lo son también de las clases políticas y económicas. Ellas ven en el diablo al aliado perfecto para sus apetitos de dominación terrenal. El infierno, inventado por Virgilio y alimentado con ideas cristianas por Dante Alighiere, empieza como un asunto literario. Pero el diablo, quien pasaría a ser el señor de este territorio, fue un invento político. Quizá por eso es tan estimado por los políticos.

El diablo vio la luz al mundo de los mortales seis siglos antes de nuestra era. Nació con la palabra profética de Zoroastro. Éste mago nacido en el 628 antes de Cristo, cerca del Caspio, se sumió en una profunda reflexión de las prácticas religiosas de su pueblo, los persas. Le desagradaban los actos violentos de los rituales del vedismo. Los ritos se iniciaban con la bebida del haoma, hecho de la mezcla de substancias alucinógenas y semen humano. Esta bebida sagrada transportaba al mundo de los dioses vedas. La embriaguez de las mentes desencadenaba la masacre de animales y las orgías desenfrenadas.

En medio de sus reflexiones, Zoroastro encontró la esencia de la religión, según él. La religión no debía seducir al espíritu del individuo por sus ritos, sino por una urgencia metafísica. Una urgencia metafísica consistente en llegar al cielo y evitar la condena eterna. Se dedicó a denunciar los excesos orgiásticos y culminó con la instauración de un solo Dios: Ahura Mazda. Fue el Dios creador del cielo y de la tierra, de lo espiritual y lo material, soberano, legislador, juez supremo, señor del día y la noche, centro del universo. Ahí estaban todos los rasgos constitutivos del dios de una religión monoteísta. El Zoroastrismo, fue la primera religión monoteísta y en ella se inspiraron todas las demás, hasta el cristianismo.

Zoroastro, con su palabra profética, bajó al rango de demonio al Dios Indra y expulsó del cielo a otras divinidades más. No importaba si eran buenas o malas. El Olimpo Védico solo podía tener un dios. La palabra fue clara en la descripción de la lucha eterna entre Ahura Mazda y Ahriman, quien desde entonces pasó a ser el dios del mal. La lucha se intensificó porque Ahriman, enroló entre sus huestes infernales a los otros dioses derrocados, en especial a los Daevas, más favorables a su empresa. Entre los Daevas estaba Akoman, un espíritu malo; Aeshma, padre de Asmodeo, demonios de la violencia y la cólera; Saurva, demonio de la muerte y la enfermedad, Leviatán, demonio del caos; y Lilith, la terrible diosa del mal, fue la primera esposa de Adán. Esposa repudiada porque no podría tener hijos.

Qué cristiano no reconoce a estos personajes como una amenaza permanente. Todos los reconocen, aunque desconozcan su verdadero origen. Pero también otros muchos los reconocen como los aliados perfectos cuando se toma la decisión de hacer el mal. Rosendo Fantasma está poseído de todos ellos y muchos más.

Las teologías monoteístas, el diablo occidental, los ángeles y arcángeles, judíos, cristianos y musulmanes, nacieron todos en la matriz iraní. Zoroastro continúa predicando la lucha eterna de dios y el diablo en estas religiones. Ellas rigen el terreno de lo insondable en occidente. Tampoco se ha perdido el soporte político, fundamental para darle vida a las religiones monoteístas. El clero del zoroastrismo, intentó por todos los medios de derrocar a los reyes de la época, equipados de la violencia desenfrenada, pero siempre fue derrotado por los guerreros mejor equipados para la guerra. Rosendo Fantasma encarnado en la historia, se reviste de nueva piel en la ciudad de Medellín. Son otros tiempos y los mismos bajos apetitos incitan a la agresión fanática.

Luis Carlos Molina Acevedo

TERRITORIO DE LA DEFUNCIÓN

Los hombres vestidos de blanco, empujaron a prisa la camilla. Llevaron el cuerpo de Rosendo Asesinado hasta una sala atascada de heridos. Como pudieron le abrieron espacio al cuerpo desangrado. Midieron sus signos vitales y de inmediato dispusieron el instrumental para la intervención quirúrgica. El bisturí no terminaba de abrir espacio entre la carne para extraer la bala mortal, cuando los impulsos luminosos, encargados de representar a los signos de la vida, se volvieron una línea sin sobresaltos en la pantalla del monitor. Las manos accionaban instrumentos, empujaban el cuerpo fallecido en una carrera loca por volverlo a la vida. Descargas eléctricas convulsionaban la carne sin vida. Pero la línea no desistía en su continuidad plana. El valle había derrotado a las montañas de la vida.

Los estudiantes de medicina, internistas y residentes, aceptaron la realidad con naturalidad. Era igual de probable hacer volver la vida como verla irse en la quietud de un cuerpo, abandonado a la eternidad. Esos ya no requerían del mensaje "el silencio mitiga los dolores y reconforta al enfermo". Era la formar de pedir silencio. Se leía en las paredes del Hospital Universitario San Vicente de Paúl, como una invitación al respeto en la enfermedad. Letra muerta de una intención, la cual debería ser natural en un lugar como aquellos. Al contrario, los instrumentos sonaban como nunca, los enfermos se quejaban lastimeros, todo el mundo hablaba con tono elevado en el esfuerzo por ganarle la batalla a la muerte. En medio del dolor, es difícil atender a los llamados de silencio.

El Hospital San Vicente de Paúl de Medellín, nació de la iniciativa del industrial Alejandro Echavarría Isaza. Movido por el sufrimiento de la esposa en su prolongada enfermedad, pensó en un hospital para pobres. Si su esposa contaba con todas las atenciones de la medicina de la época y sufría de aquel modo, cómo sería la situación de los pobres, quienes no disponían de los mismos recursos. Este pensamiento lo llevó a reunir a las autoridades civiles y eclesiásticas del Departamento de Antioquia, junto con 34 ciudadanos en representación de la industria, el comercio, la banca y la medicina. El objetivo, construir un hospital para pobres en la ciudad. En 1913, se inició la construcción en el lote denominado la Manga de los Belgas, adquirido por trece mil pesos. Los planos fueron diseñados por el arquitecto Francés Augusto Gavet, quien los enviaba por correo para la revisión y corrección por parte del industrial benefactor de la obra. Ultimados los detalles, los materiales de construcción se importaron de Europa y Estados Unidos, a través de Puerto Colombia. Los ladrillos fueron de fabricación local.

Los primeros pacientes del Hospital, ingresaron el primero de Enero de 1926. Se trataba de algunos obreros del Ferrocarril de Antioquia, quienes resultaron heridos en un accidente ferroviario. Como la obra todavía no concluía, fueron instalados en el Pabellón de Cirugía General. Sería oficialmente abierto, el 14 de mayo de 1936 bajo la dirección de Guillermo Echavarría Misas, el hijo del iniciador del proyecto. La edificación contaba con cuatro pabellones: pensionados, amarillo, azul y verde. El total de camas instalado, era ciento sesenta y nueve, distribuidas en cantidades de veinticuatro por sala. Éstas y los equipos hospitalarios iniciales, era la herencia recibida del Hospital San Juan de Dios, cerrado para dar comienzo al nuevo. En 1940 se inauguraba el Pabellón Infantil. Luego pasó a llamarse Hospital Infantil.

El hospital metido en el corazón de los antioqueños, hizo avances considerables en la actualización de la práctica médica en la ciudad. Para fortalecer el carácter investigativo por el cual se había hecho importante en el país y el mundo, se vendió parte del terreno a la Universidad de Antioquia. Allí se construyó la Facultad de Medicina. El centro educativo se volvió un gran apoyo docente para el Hospital y de esta manera pasó a ser un centro de proyección médica hacia la comunidad. En 1959, se selló definitivamente la simbiosis hospital - universidad, al agregar al nombre del Hospital, el título de Universitario. Desde entonces, su centro de urgencias, denominado Policlínica, ha sido testigo de la evolución de la violencia en una ciudad sorprendida por el proceso de industrialización. Las factorías no dieron tiempo a los provincianos para entender la irrupción intempestiva del progreso. La agresividad interindividual creció a la misma velocidad de desaparición de los campesinos y de crecimiento del número de los obreros no habituados todavía a la vida de la ciudad.

A policlínica llegan en gran medida las víctimas graves de la violencia en Medellín. La historia de los últimos diez años ha estado marcada por el ingreso de sicarios, milicianos, guerrilleros, atracadores, mendigos y niños, quienes a veces intentan continuar adentro el ajuste de cuentas, iniciado afuera. Se agregan a esta lista los ancianos y las madres parturientas. El promedio de entradas y salidas es de treinta mil anuales. Sobre el asfalto de la puerta, por la calle Barranquilla, quedan manchas de sangre. Hablan del volumen de heridos en el territorio donde la vida agoniza. La entrada ha sido objeto de varias modificaciones. Las puertas han debido ser reforzadas para atajar la agresividad, asechando los muros. La violencia de la ciudad también intenta trasladarse al interior del territorio donde todavía está viva la esperanza de derrotar a la muerte apremiante.

Los casos extraños al comienzo, se volvieron frecuentes. Situaciones donde los heridos de ambos bandos en conflicto se encontraban de nuevo en el centro hospitalario y en un afán por culminar lo iniciado, se agredían entre sí. Las cucarachas rubias no salían de su asombro al ver tanta agresividad represada. Ya ni en los centros asistenciales podían estar tranquilas, alejadas de las riñas y los pleitos sin sentido. Cada vez más se desconcertaban con la violencia de la especie denominada Rosendo. Sus miembros parecían no soportarse a sí mismos. Poco faltaba para dispararse a sí mismos. Se debía disparar, no importaba a qué o quién, siempre disparar. Memorable fue el caso del enfrentamiento de milicianos con los soldados. Éstos custodiaban un herido de la banda los Nachos. Como en una película taquillera, los hombres emprendieron una misión suicida para rescatar a su compañero. No tuvieron ningún reparo en trasladar la violencia al territorio donde se trataba de eliminar sus consecuencias. Se enfrentaron a los soldados, encargados de garantizar la seguridad del hospital por esa época, porque la policía no alcanzaba para cubrir tantos frentes del conflicto. Y como ésta, otras manías delincuenciales fueron irrumpiendo en el lugar. Es el caso de los robos a pacientes indefensos. Las heridas no detenían a los ladrones para sacar provecho de la ingenuidad de campesinos e indígenas, internados en el hospital, provenientes de municipios del Departamento de Antioquia y de otros departamentos como Chocó, Sucre, Córdoba y Bolívar. Fue el caos social, trasladado adentro de los muros. Esto llevó, desde septiembre de 1997, a dejar la custodia del lugar a vigilantes armados. El refuerzo de su entrada y los vigilantes, le devolvieron a Policlínica el rasgo de ser un territorio de esperanza para la vida, pero también para las defunciones irremediables.

Este territorio de muerte y vida ha sacado ventaja de la violencia. Ha dado grandes avances en el desarrollo técnico para expandir el límite de la vida. Cuando la muerte desfigura los cuerpos, el bisturí se vuelve el pincel para restituir la vitalidad de las partes. El médico no se detiene a pensar en implicaciones morales de sus actos, solo piensa en salvar vidas aplicando cuanta idea emerge a la mente. El hospital de guerra, como algunos han dado en llamarlo, es el centro mundial de grandes avances médicos. No se hacen para obtener el Premio Nobel, sino para salvar vidas, por eso estas hazañas pasan inadvertidas y a veces desconocidas. Cuando en el mundo se divulga algún avance médico, con seguridad en el Hospital San Vicente de Paúl, ya se ha hecho desde hace años, y no una vez, sino muchas veces. Ser creativos e innovadores, hace parte de la rutina diaria del médico en este hospital. El volumen de pacientes en situaciones críticas de salud, es el mejor escenario para toda novedad médica. Todo adelanto en cirugías, hecho en el mundo, con seguridad ya se ha intentado en el Hospital Universitario San Vicente de Paúl. La recursividad del personal médico ha llevado al centro hospitalario a ser pionero en trasplantes de córnea, hígado, riñón, corazón, médula ósea, injerto de tendones, reimplante de manos y cirugías reconstructivas. El promedio anual de cirugías es de veinticinco mil y más de seiscientas mil consultas. Es un territorio donde entra la muerte cuando es imposible amarrar la vida a este mundo obsesionado por la destrucción.

TERRITORIO DE LA MUERTE CERTIFICADA

El cuerpo inerte de Rosendo Asesinado, fue depositado en una camilla metálica. Dos camilleros arrastraron la estructura de acero inoxidable hasta la morgue. Allí depositaron el cuerpo con una rutina aprendida hace tiempo. Rosendo Asesinado quedó inerme entre el frío para derrotar al hedor de su carne mientras lo reclamaban. De allí sería llevado al anfiteatro. Allí reposaría con las cucarachas insensibles al frío. Las cucarachas rubias se paseaban por la escarcha de hielo, como si fueran motas de algodón. Ningún clima afectaba sus existencias. Ahora ni esto le emocionaba a Rosendo Asesinado. Había admirado en vida tanto a esos seres capaces de subsistir en cualquier entorno. De haber sido consciente de su compañía, se habría alegrado bastante. Los consideraba los insectos más aseados del mundo. Se alimentaban con lo mejor, nunca permitían a sus cuerpos ser invadidos por porquerías. Se limpiaban frecuentemente. Sí, ahora las cucarachas lo acompañaban por el tránsito de los territorios de la muerte. Solo se había librado de uno. No cruzó el territorio de los levantamientos, pero otros Rosendos no tenían la misma suerte. No hubo necesidad del levantamiento del cadáver. La certificación del médico bastaba para comenzar a diligenciar los documentos oficiales. Ellos certificarían la muerte de Rosendo Asesinado. La rigidez de su cuerpo no era suficiente. Alguien lo debía decir por escrito, Rosendo estaba muerto. Lo curioso era cómo alguien podía certificar algo así, sin siquiera haberlo conocido en vida, y menos haberlo visto muerto. El firmante de acta de defunción diría, Rosendo está muerto, sin saber si alguna vez había estado vivo, y menos aún, si en realidad estaba muerto. Pero así eran las cosas del Estado, entretejido por paradojas legales.

Un asesor funerario, había sido el encargado de avisarle a la familia. Rosa Maternal, se bajó del taxi a la entrada de Policlínica, sumida en el llanto inconsolable. Rosendo Asesor Funerario, le salió al encuentro. Le explicó por qué en ese momento era imposible verlo, ya se lo habían llevado para el anfiteatro. Pero no debía preocuparse, la funeraria se haría cargo de todo. La llevó junto con la hija acompañante, a una cafetería cercana. Allí entre café y café le dijo todo cuanto sabía de las circunstancias de la muerte del joven. Le dijo cómo la policía lo había recogido en la esquina de la Playa con Junín, pero él había caminado herido desde la carrera Palacé. Su muerte se había producido por anemia crónica. El disparo lo había recibido en el tórax y le había atravesado algunos órganos vitales.

La madre dejó fluir su dolor sin miedos ante aquel desconocido. Cada queja era como un descanso en aquel momento lamentable. La hija guardaba silencio con los ojos llorosos. Rosa Maternal acusó al papá de haber sido el causante de la muerte de su hijo.

—Tiene tierras en Bolívar y modo de vivir bien, pero no quiso darle trabajo al muchacho, dizque para no disgustar a su esposa. Nosotros bien pobres en la casa, le tocó salir a buscar cualquier trabajo. Hacía cuatro días trabajaba en la taberna. Estaba muy contento, me dijo ayer, solo le molestaba la lavada de los vasos. De resto, todo le gustaba. Ponían la música de su agrado, podía hablar con mucha gente y a veces hasta bailar. Yo estaba contenta porque estaba trabajando. Ayer debió recibir el primer pago y vea usted cómo terminó. No pudo seguir estudiando porque el papá le dijo, si quiere estudiar, póngase a trabajar.

Rosendo Asesor escuchaba con la atención del psicólogo. Eso le gustaba del trabajo, el saberse útil para alguien en los momentos de dolor por la muerte inesperada del ser querido.

Terreno empapelado de la muerte

Las cucarachas de la muerte se pasean en las fiestas pomposas. Le dan el visto bueno a las ostentosas tortas. Las encuentran bien de dulce y de sabor. Las cucarachas rubias regresan satisfechas a sus trincheras, después de dar su aprobación al menú festivo. Fiestas de tres días para olvidar la sangre derramada. Los sembradores de la muerte se divierten, mientras allá afuera las familias padecen la cadena interminable de trámites para enterrar a sus muertos. Los muertos elevan las tarifas como en las subastas, si la herida no fue fulminante. La víctima tocada por la muerte, agoniza. En el centro médico recibe transfusiones de sangre apresuradas y medicamentos para dejar flotando la esperanza de la continuidad de la vida. Rosendo Asesinado se agrava. Médicos y enfermeras presurosas disponen el instrumental para la intervención quirúrgica. Luchan con la muerte. Impiden a la carne vaciarse de la vitalidad. Pero la guadaña diestra asesta el golpe certero. Falla el pulso cardíaco. La respiración huye. El cerebro ha detenido sus funciones vitales. Muerte clínica representada por la extinción de la vida sobre una pantalla de un monitor donde la luz nerviosa se ha apagado. Ahora la factura tiene nuevos costes. Se infla como pan con exceso de levadura. Cada toque en la agonía, infla los costos de la muerte.

La muerte trágica lleva el cuerpo de Rosendo Asesinado a Medicina Legal. Allí permanece ocho horas mientras se consignan las causas de su muerte. El médico legista realiza la necroscopia con una rutina ganada al hábito del licor. Rosendo Asesinado se ha reducido a unos cuantos formatos oficiales en donde se describe con términos técnicos su estado final, ahora cuando le falta el aliento. Personal de la funeraria, viene a reclamarlo. Lo llevan a un cuarto encerrado, lúgubre. Lo preparan para hacerlo de nuevo observable para los vivos. El embalsamiento se hace casi mecánico. La atención se deja para el visaje. Aquí es necesario analizar los rasgos del rostro sin vida para devolverle vitalidad con el maquillaje. Los polvos tratan de simular el rubor natural de las mejillas y el lápiz labial le devuelve el color de la vitalidad a los labios. Se termina de ajustar el traje y luego lo depositan en la caja fúnebre.

La carroza fúnebre se dirige ahora hacia la casa donde será velado. Con otros Rosendos, el tránsito es a la sala de velación. Mientras los familiares lloran ante lo inesperado, los hombres de la funeraria continúan empapelando el cuerpo de Rosendo Asesinado. El gobierno debe certificar a Rosendo Asesinado como efectivamente muerto. El Departamento de Estadística Nacional lo confirma con el poder del signo, dado al Certificado de Defunción. Una vez muerto realmente, viene el pago de impuestos al municipio. Luego las diligencias con la Secretaría de Salud para obtener la licencia de inhumación. Después el pago de los derechos de cementerio, el registro de la licencia en notaría, el pago de la misa. Papeles y más papeles para alguien quien dejó de ser importante en el mundo real. Y sobre todo, para alguien a quien dejó de importarle este mundo. El ser anónimo en vida, a quien nadie quería ayudar, emplear, parece volverse importante ahora cuando está muerto.

La muerte de Rosendo Asesinado no ocurrió cuando la bala lo dejó tendido sobre el asfalto, mientras dos hombres se llevaban el dinero y corrían para alejarse. Ni cuando los policías lo subieron al auto para llevarlo a policlínica. Ni tampoco cuando la pantalla volvió el titilar de la luz en una línea continúa. No, la muerte de Rosendo Asesinado empezó cuando un papel firmado por un funcionario público, lo dijo. Para entonces, Rosendo Asesinado era un muerto bastante costoso. Valía más ahora en medio de su pudrición. Los gusanos ya hacían su festín, y el Estado no había podido darlo por muerto aún.

Mientras su familia lloraba, la cuenta desbordaba cualquier posibilidad de pago. La deuda absorbería un buen porcentaje del salario de Rosa Maternal en los siguientes años. Un salario, conseguido con el lavando y aplanchando de ropa en diferentes casas. Por fortuna había vencido su orgullo y había acudido al padre para pagar los gastos funerarios. Mas los gastos podían no detenerse ahí. Si Rosendo Asesinado hubiera nacido en el seno de una familia de clase media, habrían estado además los avisos de prensa, los sufragios, las hojas verdes, las lápidas de marmolina o de mármol italiano, y las coronas florales. A veces se invertía mucho en el muerto y poco en el vivo. Carga económica dejada a los vivos, quienes la soportan con la esperanza puesta en recibir un trato similar cuando a ellos les toque el turno. Es como un pago, por adelantado, del propio funeral.

Luis Carlos Molina Acevedo

Terreno indagado de la muerte

Rosendo Investigador gradúa su lupa para hacer visibles los detalles. Intenta derrotar la impunidad de la ciudad de Medellín al mejor estilo de Sherlock Holmes. Pero el caso de Rosendo Asesinado no pasará por su lupa. Rosa Maternal ni siquiera se molestó en denunciar el robo y la muerte de su hijo. No creía en la justicia. Ellos no castigarían a los culpables. Su falta de confianza era solo una muestra de la incredulidad popular en todas las instituciones de un país agobiado por el yugo de un Estado inoperante. La cucaracha rubia se paseaba decepcionada por los símbolos patrios. No había en ellos ningún dulzor, ningún sabor a vida. En una más de las paradojas de la gran ciudad, el encargado de investigar esta vez, fue Rosendo Satánico. En el velorio se acercó a Rosa Maternal y le ofreció sus servicios. Si le interesaba, él podía averiguar quién había matado a Rosendo Asesinado. La muerte de su amigo no debía quedar en la oscuridad donde habitaban las cucarachas rubias, tan admiradas por él en vida. Quería sacar a las cucarachas negras de su guarida para hacerlas pagar por aquella muerte injusta. Él tenía comunicación con el más allá y podía lograrlo sin esfuerzo. Ella, contagiada del dolor vivo de la pérdida, asintió. Una llamada fue suficiente para echar a rodar la cadena de venganza.

El número telefónico correspondía al sector de Campo Valdés, ese barrio en el nor-occidente de la ciudad de Medellín. Bastó con solicitar a la voz del otro lado del auricular, un nombre. Todo era cuestión de saber quién estaba en el sector del centro al amanecer del viernes al sábado. Habían matado a un "sanote" (buena gente) y debían ser castigados. Peticiones semejantes podrían hacerse cuando se trataba del robo de una moto o de un vehículo. Siempre era posible saber quién estaba en determinado sitio en un determinado momento. La ciudad era una cuadrícula cuidadosamente distribuida donde confluían las coordenadas de cada victimario con su víctima.

La organización del crimen no solo garantizaba la efectividad en la acción, sino también la reparación de los errores, si era necesario. Cuatro horas después, Rosendo Satánico conocía bien la identidad de Rosendo Asesino y su compañero, pero solo estaba interesado en quien había disparado. Autorizado por la madre, se sentía con un impulso moral para la venganza. Rosendo Asesinado había sido su parcero (amigo). Aunque siempre se negó a involucrarse en la banda y en las prácticas satánicas, fue un buen amigo. Muchas veces lo ayudó en momentos difíciles y lo aconsejó. Lo animaba a alejarse de ese mundo incitador a la violencia, pero era demasiado tarde para él. Después de entrar, solo se sale muerto.

Doce horas antes del entierro de Rosendo Asesinado, Rosendo Asesino dejaba de existir mientras dormía. Rosendo Satánico tocó con propiedad en la casa donde vivía el victimario y con firmeza caminó hacia el cuarto donde sabía, estaba durmiendo. Eran las tres de la madrugada. La hora cuando las cucarachas negras siempre duermen. La hora cuando son más indefensas. No le importó las miradas atemorizadas de sus familiares. Sin despertarlo, le disparó tres veces. Las balas no dieron tiempo al joven, quien se creía con el cuerpo cerrado contra la muerte, para experimentar el tránsito de la vida a la muerte. Simplemente se quedó atrapado en una pesadilla eterna. "Era un faltón", dijo Rosendo Satánico, como única explicación a los familiares, antes de cerrar la puerta y quedar de nuevo en la calle. Salió sin prisas del laberinto de la venganza. Esa justicia no pasaba por las actas de las instituciones del Estado. Una justicia no escudada detrás de un cerro de expedientes empolvados. Otro tipo de justicia no menos violenta como la venganza en la cual se originaba. La violencia llevaba a más violencia en una incapacidad de reflexionar y en un sentimiento de frustración frente a la inoperancia de las instituciones.

Decypol, Departamento de Estudios Criminológicos y de Policía Judicial, fue creado por el acuerdo número nueve del Consejo Municipal de Medellín, en febrero 3 de 1970. Inició sus actividades a finales de septiembre del mismo año, adscrito a la Secretaría de Gobierno Municipal. Rosendo Investigador, dispuso desde entonces de un sofisticado centro para la investigación criminológica. Cuatro secciones para cubrir los frentes del delito: Sección de Estudios Criminológicos, de Policía Judicial, de Medicina Forense, y Laboratorio Criminológico. La sección de Medicina Forense se ocupaba de las pericias médico-legales, levantamiento de cadáveres, dictamen mental y practicar las diligencias de necropsia en el Anfiteatro Médico Legal Municipal. El laboratorio criminológico le permitía disponer de tecnología para un seguimiento genético de los delitos. Todo criminal, así sea muy cuidadoso, siempre deja una huella en el lugar de los hechos. Podía dejar rastros de saliva, un cabello, una gota de sangre, un pedazo de uña. Todos estos eran indicios. Se podían rastrear con análisis genéticos hasta identificar con certeza al responsable del crimen. Pero este procedimiento era costoso, solo se justificaba en casos de víctimas importantes. El Estado nunca se interesaría, en invertir tantos recursos, en la investigación de una muerte casi anónima como la de Rosendo Asesinado. El volumen de muertos en la ciudad, no daba tiempo para la investigación minuciosa. Escasamente se abrían los expedientes. El tiempo solo alcanzaba para llevarlos a los anaqueles en donde se llenarían de polvo.

Rosendo Investigador es realista en los alcances de su oficio. Él intenta usar el poder de la tecnología para desvelar al criminal, pero éste parece ir más de prisa. Le gana a cualquier esfuerzo por impedirlo. Unos mueren, pero nacen otros con más bríos como una cadena genética heredada. De los catorce títulos constitutivos del Código Penal de Colombia, el ochenta y ocho por ciento de los delitos se acumulan en dos. Los crímenes contra el patrimonio económico alcanzan el cuarenta y siete por ciento. Hay un desenfrenado amor por los bienes ajenos. Mecanismo ágil y eficiente de distribuir la riqueza en un Estado corrupto por la política, sin equidad. Le siguen los crímenes contra la vida e integridad personal, con el cuarenta y uno por ciento. Como en las huestes más primitivas, se elimina al opositor, se ataca al enemigo, en la pretensión de hacerlos comulgar con las propias ideas. La disidencia es peligrosa en una ciudad, un departamento, un país, navegando en las armas. Las balas unifican los criterios de lectura de la realidad. El temor termina por alinear las oposiciones, y la muerte por exterminarlas.

Rosendo Investigador impotente, ha visto cómo desde 1985, la estructura poblacional se ha visto afectada por la notoria disminución del grupo de hombres adultos y jóvenes. Las víctimas de los apetitos desenfrenados por la vida de otros, ha recaído en los hombres de veinte a treinta y nueve años. Esta historia no es nueva, lo nuevo es su carácter urbano. Antes era de carácter rural. El monte guardaba al malhechor de los ojos de la justicia. Ahora son los muros de concreto y el creciente número de ciudadanos con ceguera voluntaria, temerosos de denunciar quizá a un policía ante la policía. Es preferible ser ciego fingido, y no ser desaparecido o fallecido como cualquier muerto anónimo. Estos riesgos se corren en una ciudad, un departamento, un país donde la inmoralidad se encuentra con igual frecuencia a la virtud moral. Los valores se han trastocado en un mundo donde el tiempo parece insuficiente para desentrañar sus secretos. El malo se mete a la policía para amparar sus crímenes y el policía se mete de malo para desenmascarar las redes delincuenciales. Cómo saber quién es quién en un territorio donde se ha perdido la posibilidad de leer los signos visibles, ya no visibles. Los signos están en la mente del legislador y se han oscurecido para el ciudadano, por la incapacidad para la acción.

Es el olvido de la máxima moral de Pascal. "Se cometen delitos porque lo decide el legislador (Séneca). Antiguamente eran los vicios, hoy son las leyes lo que nos preocupa (Tácito). Es exclusivamente la costumbre la que forma todo el derecho. El único fundamento de éste es la tradición, ésa es la base mística de la autoridad". Perdida la tradición y la costumbre, venga el caos de una ciudad, un departamento, un país, ahogado en la sangre de la muerte.

Rosendo Investigador debe enfrentar a diario los crímenes contra la vida tales como, lesiones personales con el mayor porcentaje. Las lesiones son como muertes a medias. Muertes inconclusas o porque no se tuvo el tiempo suficiente o porque la víctima tiene las siete vidas del gato. Luego están las consumadas. Los homicidios por poco igualan la tasa de las lesiones. Es como si un Rosendo Divino lanzara una moneda al aire y decidiera quien muere o queda vivo en el encuentro con el enemigo, con el asaltante, con el asesino. La técnica no alcanza para ir al mismo ritmo de los vicios sociales, en su amenaza de la vida. Las cifras desbordan cualquier capacidad operativa.

TERRITORIO FUNERARIO

Rosendo Funerario, reconoció de inmediato la voz de Rosendo Asesor Funerario, del otro lado del teléfono. No era necesario extenderse en las palabras. Bastaba con escuchar el nombre del lugar. Con la palabra clave en el oído, el propietario de la funeraria hizo una señal manual. El conductor sabía bien qué significaba aquello. El auto salió presto a recoger el cuerpo de Rosendo Asesinado en la morgue del hospital. Un corto paseo por la ciudad los trasladó hasta la entrada de Medicina Legal. El portero conocía bien a los empleados de la funeraria. Abrió la puerta sin preocuparse de verificar quién pudiera ser el muerto. Lo sabía por los signos exteriores. Era otro candidato anónimo a engrosar la ya larga lista de inventarios sin resolver. Pertenecía a las causales de la muerte sin esperanzas de castigo posible para los culpables. La autopsia se había vuelto un formalismo más para sembrar de papeleos los territorios de la muerte, no para impartir justicia.

Dos horas después de la petición por teléfono, Rosendo Asesor llegó con Rosa Maternal a la funeraria. Allí le presentó a la persona encargada de ayudarle en la elección del ataúd. Permaneció en el lugar mientras los dolientes se imbuían en el sendero de las decisiones dolorosas. Cuando notó cómo la atención de los familiares era copada por las múltiples alternativas de cofres mortuorios ante sus miradas inseguras, se marchó a continuar el oficio.

Alejarse del puesto de observación, era perder potenciales clientes. La permanencia al frente de la entrada a Policlínica, era fundamental. Constantemente entraban heridos. En la mayoría de los casos se tornaban en muertos después. Ahí empezaba la carrera para volverlo potencial cliente, en competencia frontal con las demás funerarias.

Luis Carlos Molina Acevedo

Territorio de la muerte olfateada

Cuando Rosendo Asesinado ingresó a Policlínica, Rosendo Asesor estuvo al tanto de los movimientos del cuerpo del herido. Su olfato se lo había dicho, ese se moría pronto. Estuvo pendiente del registro de la identidad, y sacando provecho de la amistad con el personal del centro de atención urgente, obtuvo el teléfono de los familiares. A las cinco de la mañana, tomó el teléfono para llamar a Rosa Maternal. No le dio la noticia de inmediato. No podía decirle por teléfono, su hijo está muerto. Él está herido, fue todo cuanto dijo. En esos momentos se requería mucho tacto para decir las cosas. La espero a la entrada de Policlínica, le dijo al final, cuando las múltiples preguntas de ella se lo permitieron. El truco estaba en dar la menor información posible. Le dio las señas personales y las características del vestuario, así le daba certeza de tratarse de su hijo.

Rosendo Asesor sueña con algún día sacarle un pacto a la muerte. Se ha ejercitado para ello. Delira con ser capaz de olfatear la muerte a cincuenta kilómetros a la redonda. Sueños emergidos de la miseria de un hogar sufrido por una esposa desgarbada y cinco hijos embalsamados por el hambre. El hombre de facciones mortuorias, trabaja por su cuenta. Su salario depende de la cantidad de muertos enrolados para la funeraria donde los reporta.

Como celoso vigilante, asedia las entradas de Policlínica y centros hospitalarios para pobres. Allí encuentra sus clientes potenciales. Su nariz aguileña no desdice de su codicia de buitre funerario. Como los gallinazos sobre los tejados de los mataderos de reses y cerdos, ronda a los moribundos para brindarles un último favor. Está presto para evitar la vergüenza del hedor público. Está allí para facilitar el tránsito por los laberintos del papeleo oficial, para hacerlo menos engorroso a los dolientes. Les ahorra el dolor de encontrarse con las cucarachas de los trámites engorrosos y sin fin. Cucarachas rubias desentendidas de toda función social. Los exonera de los funcionarios mecanizados en la oscuridad y confortados con la seguridad de sus oficinas en la penumbra.

Rosendo Asesor es conocido en todas las funerarias de la ciudad de Medellín. Recibe las propinas más altas del gremio. Tiene fama ganada de visionario de la muerte, por la cantidad de clientes reportados. La funeraria donde trabaja como asesor, lo cuida. No da oportunidad a otras de llevárselo con mejores ofertas. El propietario no le niega préstamos y le aumenta la propina por muertos reportados, antes de él solicitarlo. El letrero a la entrada de los sitios de atención urgente "Prohibida la entrada a particulares", no es una talanquera para él. A diferencia de sus competidores, no debe esperar a descubrir los muertos por el llanto de los familiares, Rosendo Asesor los olfatea antes de morir y cuando ello sucede, hace rato se ha hecho amigo de los parientes. A veces quisiera tener ayudantes pero no ha podido encontrar a alguien con la misma pericia. Es capaz de olfatear varios muertos a la vez, pero no puede estar en todos los lugares. Su circuito oscila entre Policlínica, el anfiteatro, el CES y el Seguro Social.

El hombre de aspecto cadavérico, ha transitado por todos los oficios con la muerte. Recuerda con resistencia sus comienzos arreglando cadáveres. El temor y los escrúpulos parecen volver en el recuerdo. Agradece al aguardiente, ese licor de caña de azúcar, el haber sido capaz de curarlos. Después, todo se vuelve costumbre y todavía hoy lo hace cuando hay necesidad. Eso sí, su oficio de "arrastrador" como lo llaman algunos, o de asesor como prefiere llamarlo él, no lo cambia por ninguno. Se molesta cuando se trata de comparar su oficio al del gallinazo, porque como él merodea alrededor de potenciales cadáveres. Disfruta consolando a las personas en los momentos de dolor ante la muerte del ser querido. Se siente útil y prestando un servicio a la sociedad.

Territorio negociado de la muerte

La cucaracha rubia asoma sobre una de las cajas mortuorias del estante. Cruza las antenas como si saludara al cronista. Algo de la luz entra por la ventana, se refleja en sus diminutos ojos. El cronista levanta el plato con el pocillo de café. Levanta la vasija y bebe algo de la oscura bebida dulce. Mientras descarga de nuevo las piezas de loza sobre el escritorio, vuelve la mirada para ver si el dueño de la funeraria está pronto a desocuparse. Con desconsuelo observa cómo la mujer del traje azul oscuro, tardará en decidirse y los otros empleados continúan ocupados. Busca de nuevo la cucaracha sobre el cofre gris, pero se ha ido. Pasa la mirada por la oficina y repara en cada uno de los muebles. Detalla la disposición de cada uno de los objetos sobre el escritorio, tratando de deducir la personalidad de la persona responsable de la misma. Le queda una sensación de corresponder a una persona sobria y hábil para los negocios.

El propietario entra en la oficina con la mujer del traje azul oscuro. Rosa Maternal hace por fin la llamada, tantas veces contenida por su orgullo de madre. Llama al padre de Rosendo Asesinado y después de hacerle una referencia escueta de la muerte del joven, pregunta si está dispuesto a asumir los costos del entierro. La respuesta parece tranquilizarla. El desentendido padre se lo promete, cuanto antes estará en Medellín para ponerse al frente de la situación. El propietario y Rosa Maternal vuelven a salir de la oficina y dejan al cronista solo. La mujer parece ahora más segura en sus decisiones, señala una caja, parecida a la gris donde estuvo posada la cucaracha rubia, minutos antes.

El cronista se levanta y camina hacia la entrada sin puerta, en la pared opuesta a la ventana. El salón está lleno de estanterías con cajas mortuorias de diversos estilos. Ya sabe algunos nombres: la Chevet está entre las costosas, la Guerrillera es la más barata, Sepulcro y la caja Cristo, entre las de costo intermedio. Cajas en todos los estilos, colores y tipos de maderas. Toda clase de parafernalia, no se sabe si para agradar al muerto o a los vivos, quienes puedan murmurar en el velorio. Terciopelo repujado para hablar del lujo alcanzado en la muerte, aunque esquivo en vida. Cadenas doradas colgantes, recordando cómo hasta el viaje de la muerte requiere riqueza para pisar los predios del cielo. Más allá, otros cajones con vidrios corredizos, ventanas en cualquier lado o en la tapa, como si el muerto necesitara divisar el panorama, o quizás escaparse cuando la postura del cuerpo se torne incómoda. Al lado, la caja mortuoria con cortinas atadas con cintas de seda, y hasta con cojines en tela satín, así el muerto no se aburre antes de enterrarlo. Cuanta imaginería de muertos y vivos proyectada en la elección de una caja mortuoria. Cuánto se eleva la factura de un entierro por la elección equivocada de artilugios vacuos para agradar a los vivos. El cronista mira el reloj, ha pasado media hora desde cuando se interrumpió la entrevista con el propietario de la funeraria. Su reloj, es otro testigo de buen funcionamiento del negocio de la muerte ese día. La interrupción del dueño para atender a los clientes, es señal innegable de la prosperidad en el mercado mortuorio.

La muerte ha traído dolor, llanto e incertidumbre a una ciudad donde todavía se desconoce la razón por la cual sus gentes se matan entre sí. También ha traído prosperidad a una economía floreciente: la de la muerte. Cuando la quietud de la noche es asaltada por el sonido de disparos de arma de fuego, y sobre el piso un cuerpo derrama sangre, una cadena es activada. Las heridas de Rosendo Asesinado darán trabajo a otros Rosendo apremiados por ganarle tiempo a la muerte. Ella, un día, también los dejará como a Rosendo Asesinado. La ciudad se mueve con la muerte. La urbe suspendida por la falta de eficiencia de sus gobernantes, agobiada por el desempleo, recupera el aliento en la muerte. Ese cuerpo tendido sobre el asfalto, genera empleo a hombres azotados por la pobreza. Todo parece centrarse en las funerarias. Las funerarias en Medellín se han vuelto negocios prósperos. Son negocios fuertes. Se dan el lujo de romper la ley de la oferta y la demanda. Aquí los precios no descienden con el crecimiento de la oferta. Están de espaldas a las leyes del mercado.

La cadena del empleo de la muerte se activa cuando el cuerpo ha perdido la vitalidad. Si ello ocurre en un centro de atención urgente, el primero en entrar a escena es el asesor. Se pavonea con su sabiduría del oficio como quien consuela a los dolientes, pero en realidad los está asesorando sobre qué deben hacer de inmediato. Entre pésames y palabras de alivio, logra sacar la valiosa palabra "sí" de los labios sollozantes, aún no resignados ante la evidencia de la muerte. El hombre al oír este sonido mágico, corre de prisa hacia el teléfono más cercano. Llama a la funeraria para solicitar el envío del carro fúnebre.

El auto transporta el cuerpo hasta el anfiteatro, si la muerte fue provocada por un hecho violento. Los empleados funerarios estimulan con dinero a los empleados de Medicina Legal. Ellos devuelvan el cuerpo bien suturado después de la autopsia. Eso ayuda a ganar tiempo en los preparativos del muerto. Transcurrido el tiempo para este trámite legal, se vuelve a recoger el cadáver para llevarlo a arreglar. Algo de polvo devuelve el color de la vida a las mejillas, y el rojo del labial, la fuerza del muerto para obrar con la palabra. Remozado facialmente y vestido con el mejor atuendo entregado por la familia, se transporta hasta la sala de velación o la casa.

Continúa la cadena de acontecimientos de la muerte. Los billetes se hilan como eslabones de unos gastos en cadena, mientras familiares y amigos lloran al muerto. El consomé y el café son buenos aliados en la tarea de pasar la noche, vigilantes. No se puede dejar a solas el muerto en el momento crucial del paso a otra vida. La esperanza de la resurrección es una promesa guardada en la mente y las costumbres de la gente. Bien vale invertir hasta lo no poseído para ayudar al fallecido a lograrlo. Uno o dos fiadores son suficientes para obtener el crédito en la funeraria. Las cifras se irán fundiendo para extenderse como redondeado gusano sobre los renglones de una factura interminable. Costo de la caja, del transporte, de vehículos acompañantes, de pago de certificados, de la sala de velación, del servicio telefónico, de servicios funerarios, del préstamo de los candelabros, de la misa, de la tumba. Costos y más costos representados en cifras sobre una factura, por encima de los dos salarios mínimos mensuales para el más discreto entierro.

La claridad del día anuncia los preparativos para el entierro. Con anticipación, autobuses y taxis merodean la casa donde habitó el muerto para transportar a los conocidos y vecinos hasta la iglesia y el cementerio. El auto mortuorio llega al sitio de velación. Algunas jóvenes bien vestidas, son acompañadas por caballeros. Comienzan el desmonte del escenario. El teatro de la muerte termina y se traslada a otro lado. De la velación, vamos al último adiós religioso. Se sacan las velas de los candelabros. Se levantan las coronas y ramos de flores. Se levanta la caja con el muerto para llevarla hasta el auto. Con el muerto, salen los dolientes y el teatro queda listo para una nueva representación del dolor humano.

Los jóvenes elegantes en el vestir, avanzan ceremoniosos. Las facciones de sus rostros son neutras. No hay dolor, no hay alegría. La expresión es neutra como la de los caballeros de la muerte. Ellos también tienen sus problemas en qué pensar. Tratan de adivinar a qué hora harán el pago de la quincena. Especulan con si les dará tiempo para llegar hasta el banco antes de cerrar sus puertas, para retirar el dinero de la quincena y pagar las deudas pendientes. Detrás, la pléyade de cuerpos vestidos de negro, lanzan sus últimos llantos y quejidos a la eternidad, esperando se apiade del muerto. Caminan al ritmo de la limusina. Encabeza el desfile de modo simbólico, pues el muerto va sobre el carricoche. El carruaje tirado por los jóvenes del vestuario azul, rueda con la prisa de la eternidad. Dos chicas encabezan la marcha llevando a la altura de sus pechos, los ramos de flores más elegantes, enviados con mensajes de condolencia. Cerca de la entrada a la iglesia, el féretro es levantado de nuevo.

El sacerdote sale a recibir el muerto hasta la entrada. Toma el hisopo de la vasija, la sostiene un acólito, y rocía agua bendita sobre el muerto. Levantando las manos, pronuncia las primeras palabras para dirigir al fallecido hacia el paraíso. Luego camina por el centro de la iglesia hasta el altar, seguido a pocos pasos por el carricoche. En el teatro del ritual, el sacerdote busca los atributos para enaltecer al muerto y repite las palabras gastadas para consolar a los familiares. Les recuerda la promesa de la resurrección a la vida eterna donde volverán a encontrar al muerto. Se da por supuesto será para dicha de todos. Jamás se deja la posibilidad mínima de una pesadilla para algunos en el reencuentro. También se da por supuesto, todos se encontrarán en el cielo, nunca en el infierno. Es el poder de la palabra eclesial.

Llegados todos a la tumba, se abre el cofre por última vez. Los sollozos explotan compulsivos. El desespero ante lo inminente hace presa de las mujeres. Se hace necesario acudir a la fuerza para retirarlas de la caja y evitar se entierren con el muerto también. El mecanismo dispuesto alrededor de la fosa, hace descender el cajón. Pronto alcanza el fondo y las primeras paladas de tierra le dan peso a una realidad evidente. Los familiares y amigos no saben si retirarse o quedarse. Merodean un rato por el lugar y luego se marchan resignados, mientras lanzan la promesa de regresar a visitar al muerto con frecuencia. Esta promesa, la mayoría de las veces, se olvida al poco tiempo. Es el tránsito hecho por cualquier Rosendo de la muerte en la ciudad de Medellín, con ligeras variaciones. Variaciones dadas por la solvencia económica de los dolientes. Con mayores o menores lujos, todos los Rosendo recorren los mismos territorios de la muerte.

Luis Carlos Molina Acevedo

Territorio conservado de la muerte

Rosendo Funerario dejó satisfecha a Rosenda Maternal. La despidió con amabilidad y regresó a la oficina, en donde Rosendo Cronista lo esperaba para retomar la entrevista interrumpida. Se mete de lleno en el tema. Habla del "Fondo Oscuro" para referirse al período de descomposición social ocasionado por el enfrentamiento del narcotráfico y el Estado. Fue el tiempo del creciente número de muertes violentas con armas de fuego. El hombre respaldado por la ya larga trayectoria en el oficio, extrae de su cuaderno de registros, los cuadros estadísticos de muertes en Medellín y comienza a argumentar el por qué el licor es el causante básico de la violencia en una urbe donde los sentimientos encontrados desbocan la intolerancia. Es minucioso en el registro de las estadísticas. Las apunta con celo. Espera aprender de ellas muchos secretos sobre su oficio. De hecho ya le han enseñado varios aspectos. Le han ayudado a mejorar el servicio funerario en la ciudad de Medellín.

Rosendo Funerario plantea su hipótesis de trabajo, de entrada. Para él, la violencia en la ciudad parece cabalgar al anca de brioso caballo conducido por el licor. Aquellos cuadros se riegan en cifras, dejando traslucir una verdad aterradora. La ciudad parece signada por una fuerza. La supera y la lleva a una cuota promedio de muertes anuales, haya violencia o no. Metas invisibles planeadas entre la sombra de las calles desangradas. Todo el terror, la agonía y las visiones de una realidad, confundida entre la vida y la muerte, se reduce a un número. Todo lo experimentado por Rosendo Asesinado en el umbral de la muerte, se diluye en una cifra donde él se disuelve en la irrealidad insignificante del número global. Todo el dolor de la bala cuando destroza la carne, quedó colgado allí del casi invisible punto, de la empinada curva de mortalidad en la ciudad. Un simple detrito de cucaracha, dejado en la línea, trazada cuesta arriba para las defunciones violentas. Rosendo Asesinado, se ha vuelto estiércol de cucaracha. Se ha vuelto invisible en el mar de la estadística, en el desierto de arenas llevadas por el viento.

No fue fácil para el cronista, llevar a Rosendo Funerario a hablar de sí mismo. Insistía una y otra vez en hablar sobre la violencia en Medellín, desde sus estadísticas anotadas en su cuaderno. Rosendo Funerario fue sorprendido por el oficio funerario a temprana edad. Le vino como la revelación de una vocación. La ciudad apenas ensayaba a dar pasos por el camino de la industrialización. El tiempo transitaba por la mitad de la década de los años 1960, cuando él ya embalsamaba pájaros cazados en el Bosque de la Independencia, donde está ubicado ahora El Jardín Botánico. Esa pasión por prolongar la presencia de las aves más allá del aliento extinguido, fue determinante. En el recuerdo vienen los momentos privilegiados. Le dejaron conocer las intimidades de la muerte en la ciudad. La amistad con el hijo del propietario del Cementerio de San Pedro, lo encausó en un oficio, todavía visto con cierta morbosidad entre los vivos. La misma amistad le permitió escudriñar los secretos del cuaderno de registros de la Funeraria Rendón, la primera del país, creada en 1869. La evocación le hace lamentar la desaparición de esta funeraria en 1974. Se fue a la eternidad con sus secretos de muerte, cuando cumplió ciento cinco años de existencia. Todas esas circunstancias quizá, o ninguna, lo llevó a batallar con la integridad de dignificar la muerte como último acto de la vida.

A los trece años, Rosendo Funerario ingresó por primera vez a una funeraria. Era domingo y el dinero solo alcanzaba para el cine. Las farmacias del centro solo vendían formol por botellas, pero él solo necesitaba un poco para embalsamar una rata blanca. La había cazado con unos amigos en una alcantarilla. No necesitara poco, la verdad era, solo le alcanzaba para comprar un poco. Se le ocurrió entonces entrar a comprar un poco en una funeraria. El propietario de la Funeraria Londoño, le regaló el frasco entero. El amarillento líquido solo lo podía comprar por onzas. Pero ahora parecía haberse acomodado en su totalidad en aquel embace transparente. Lo llevó a su casa con el mismo cuidado de quien cuida un preciado tesoro. Al día siguiente buscó la forma de devolver el favor del regalo. Empezó por ayudar a lavar el auto. Antes de darse cuenta, estaba involucrado en la actividad funeraria moviendo cuerpos, levantando cajas. Luego fue el arreglo de cuerpos.

Rosendo Funerario es incapaz de explicar en dónde nació la intuición para las innovaciones del arte funerario. Recuerda sus experiencias desagradables frente a la conservación de los cadáveres. Todavía le causa impresión las situaciones infantiles cuando debió contemplar los muertos ataviados con el hábito o la destilación de fluidos a través de la caja mortuoria. Rememora la satisfacción experimentada con su pasatiempo de embalsamar aves, las cuales vendía puerta a puerta. Tantas experiencias, tantas vivencias, lo llevaron a una conclusión básica, el oficio mortuorio no podía reducirse a inyectar formol en el abdomen y el tórax. Debía haber algo más. Los responsables de una práctica tal, solo engañaban a los familiares bastante mortificados ya por la ausencia del ser querido. Después de pocas horas, el cuerpo destilaba sangre y fluidos ante la vista de los asistentes al velorio. Era como si nadie pudiera evitarlo. En ocasiones, era obligado colocar un balde debajo del ataúd para recoger los líquidos. Otros, más perspicaces, colocaban capas de cal en el asiento de la caja para absorber los líquidos. Pero el espectáculo seguía siendo lamentable de todas maneras. Se evitaba el efecto visual, más el olor fétido seguía irresistible. Fue así como en la meta del niño de trece años, estuvo el de olvidarse de las aves embalsamadas para dignificar ese último momento del ser humano. Quería poner en práctica lo aprendido con las aves, para ponerlo al servicio de los humanos.

Vestido de bata blanca, cargaba un elegante maletín con utensilios importados para la realización de la tanatopraxia. Su pulcritud y destreza en la preparación de los cuerpos, le abrió las puertas al éxito. Garantizaba la conservación del muerto durante las veinticuatro horas del velorio, sin liberación de líquidos. Las funerarias de la ciudad fueron relegando a aquellos hombres mal vestidos y con aliento de aguardiente, para preferir a Rosendo Funerario. Cinco años fueron suficientes para pensar en tener su propia funeraria. A los diecisiete años de edad, y cursando el tercer año de bachillerato, entró en el mercado con la Funeraria San Vicente. Acudió a terceros para obtener el certificado de propiedad, la licencia de funcionamiento, y la chequera. Era menor de edad y todavía no podía tener negocio propio, según las leyes mercantiles de Colombia para esa época. Figuró en la carta mercantil con el número de su Tarjeta de

Identidad. Cuando cumplió los veintiún años, la mayoría de edad, el mismo día tuvo su chequera, su pase de conducción y su cédula. A los pocos meses, el gobierno hizo el nuncio de la mayoría de edad a los dieciocho años.

Son veintiocho años de lidiar con la muerte. En este tiempo, Rosendo Funerario, ha visto el cambio de conducta de las gentes de la ciudad, industrializada a pasos agigantados. Las gentes debieron cambiar sus costumbres sin darse tiempo a pensar en la conveniencia de ello. Han sido veintiocho años donde la violencia urbana ha sido la constante. Habla de cómo han sido esos cambios para evadirse de la responsabilidad de hablar de sí mismo. En los años 1960 y 1970, se registraban muertes violentas por igual. La única diferencia era la causa. Éstas se producían por puñaladas y accidentes de tránsito.

La muerte rondaba por sitios distintos a los de hoy. La violencia se campeaba por las Camelias, Guayaquil, el Barrio Antioquia y Lovaina. El resto de la cuota de muertes, la entregaba las causas naturales. Para entonces superaban a las de muerte violenta. En proporción al total de la población de la ciudad, la tasa de mortalidad ha tenido poca variación desde cuando se inició el proceso de industrialización. Cuando no eran las balas, las muertes corrían a cargo de las bajas condiciones de salubridad de la ciudad.

Rosendo Funerario, disimulando la incomodidad de hablar de sí, abre su cuaderno de registros en otras páginas, y deja a las cifras la interpretación de los hechos.

—Los días preferidos por la muerte en Medellín son los viernes, sábados y domingos. Una constante marca a estos días. Las gentes de la ciudad se embriagan para celebrar la terminación de otra semana de labores. El licor parece estar estrechamente ligado con las manifestaciones de violencia en esta ciudad. Quizá hay algo en el aguardiente. Lleva a las personas a ser particularmente agresivas. El néctar destilado de la caña puede ser la clave para desentrañar la conducta violenta del "paisa", como se le dice al hombre antioqueño. Quizá entonces, cambie el famoso lema "70 años llevando alegría a los antioqueños", de la fábrica departamental de licores. Tal vez se cambie el lema por "70 años llevando muerte a los antioqueños". Los sábados son días de veinticinco a treinta muertos en Medicina Legal. El único sábado sin muertes violentas, fue cuando vino el Papa Juan Pablo II. Eso es bastante diciente. ¿Y sabe por qué no hubo muertes violentas en la ciudad?, porque durante ese tiempo se decretó la ley Seca. El licor no vistió de muerte a las gentes. "Ese gesto suyo es de incredulidad", dice Rosendo Funerario al sorprender el gesto en el rostro del cronista. Pero aquí tengo otra prueba de la incidencia del licor en la agresividad de las gentes. Se dio en el año 1976. Ese año se lanzó un aguardiente nuevo en Antioquia. Fue un año alarmante por la cantidad de muertos, debido a la intoxicación etílica. Era evidente la conexión entre los dos hechos. Con el dolor en el bolsillo, la fábrica de licores descontinuó esa marca de aguardiente. Los hechos se repiten para demostrar la validez de una hipótesis preocupante. Las cifras están ahí para demostrarlo. Cuando los acontecimientos han alejado el licor de las gentes, la tendencia se mantiene. La relación entre licor y mortalidad violenta, conforma una pareja explosiva. Aquí tengo otra prueba para demostrar lo dicho. En 1974 se presentó una huelga generalizada de médicos. Se suspendieron todos los servicios de salud en el Hospital San Vicente de Paúl y el Instituto del Seguro Social, a excepción de las urgencias. El gobierno se vio obligado a declarar la Ley Seca ante esta gran emergencia. Y adivine qué. En esa época la cifra de muertos disminuyó considerablemente. Fue notorio el cambio. Los periódicos ventilaron el lema "señores galenos, vuelvan a su oficio, háganlo por los señores funerarios".

Rosendo Funerario señala cómo el cambio significativo de la violencia en Medellín, durante el "fondo oscuro", la guerra del Estado contra el narcotráfico, y de éste contra aquel, estuvo marcado por el mayor porcentaje de muertes violentas en comparación con las muertes de causa natural.

—Si se analiza la cifra de muertes en 1987, ésta fue de doce mil doscientas muertes, es decir, la población promedio de casi cuatro municipios. Cuatro municipios desaparecidos en una sola ciudad y en un solo año, es alarmante. De ese total, alrededor del setenta por ciento fue por causa violenta. La muerte violenta se campea con libertad por las gráficas y las tablas estadísticas. La cifra de 1998 es de quince mil setecientas. Esto representa una disminución en las muertes de Medellín, en proporción con el crecimiento de la población en los últimos once años, pero sigue siendo una cifra creciente, en términos absolutos.

Si se mira la relación entre muertes y cantidad de habitantes, también hay una disminución considerable de la violencia. De este total, alrededor del setenta por ciento fue por causa natural. Ahí está lo sorprendente de todo, se puede llegar a entender mucho de los fenómenos cuando se registran las cifras minuciosamente. Observe usted cómo la tasa de muertes tiende a mantenerse estable, haya violencia o no. Cuando la violencia disminuye, entonces aumentan las causas naturales de muerte para mantener la tasa. Dígame usted, cómo se explica ese misterio de la muerte en Medellín. Es como si un designio superior estipulara para esta ciudad un determinado número constante de muertes, haya o no agresión civil. El período de desarrollo industrial ha marcado una constante en la tasa de mortalidad de la ciudad, pero sus causas han variado. De los puñales y la inexperiencia en la conducción de vehículos, se pasó al uso de armas de fuego y explosivos como instrumentos de la muerte. Los agentes siguen siendo los mismos, aquellos movidos por la locura del licor y la droga. Y los pacientes, la mayoría de las veces, víctimas desprevenidas de la cotidianidad.

Pero los territorios funerarios de la muerte no solo circulan cifras. El servicio funerario mueve varias actividades económicas. Maneja la industria de la madera, del mármol, del transporte, de las flores y muchas otras.

—Cada industria, cada elemento, contribuye a la excelencia del producto funerario: el ritual. La razón de existir de las funerarias no depende del muerto. El muerto no necesita nada. Está en un estado donde nada de este mundo lo conmueve. La existencia de las funerarias radica en la necesidad psicológica de los vivos. Ellos necesitan del ritual. En el ritual se proveen todos los elementos para una pérdida gradual y no de golpe. Ni siquiera las razones higiénicas justifican el oficio. La cremación ofrece mejores condiciones sanitarias, a la hora de la verdad. Pero ese despedirse despacio de los seres queridos, sí es una razón suficiente para el ritual, para incurrir en gastos adicionales si se quiere ver así. Permite la expiación de las culpas, antes de la desaparición toral del muerto. Es como saldar una deuda con él, cuando todavía está de cuerpo presente. Es un ritual no religioso, sino psicológico. Por eso es extraño cuando al médico se lo ve como un hacedor de vida, y al resucitador, al funerario, en cambio, se nos ve como lo contrario, un ser oscuro, un ser para desaparecer la vida. No se entiende cómo una capa de tierra, una tapa de bóveda es solo un antifaz para evitarle al vivo los horrores de la descomposición del muerto. Nosotros facilitamos las cosas. Le da tiempo al vivo de disculparse por cuanto dejó de hacer en vida para ayudarle al muerto. La delgada capa de cemento es la ventana a través de la cual se proyecta la mejor imagen del muerto, cuando aún estaba vivo, mientras detrás se da la desfiguración y la descomposición biológica. Al primero vale la pena pedirle excusas, al segundo, daría miedo y asco. Son dos muertos distintos los exorcizados por el ritual. Eso lo hacemos por los muertos y los vivos. Del lado de allá, un muerto tocado por la nada. Del lado de acá, un muerto tocado por la vitalidad.

El ritual funerario se fundamenta en el arte de la tanatopraxia. Rosendo Funerario ha ganado el título nacional e internacional de la excelencia en la práctica de la tanatopraxia, ese arte de preparar el cuerpo de los muertos para hacerlos agradables a la mirada de los vivos. Un oficio bastante antiguo, pero con un desarrollo técnico significativo solo en los últimos cuarenta años del siglo XX. Un arte respaldado por agremiaciones mundiales, reguladoras de su práctica. Estas agremiaciones han valorado el oficio de Rosendo Funerario. La IFTA, la Asociación Internacional de Francia para la Tanatopraxia, le concedió el título de idoneidad en el oficio. Este título lo comparte con el propietario del Cementerio Jardines del Recuerdo de Bogotá. Solo dos personas en Latinoamérica están debidamente reconocidas para practicar la tanatopraxia. Sigue siendo pionero en una Latinoamérica donde el oficio de los cuerpos continúa en manos de personas sin conocimiento técnico requerido. El oficio sigue lleno de personas, de quienes solo se demanda sean capaces de tocar un muerto, y eso es suficiente para poder prepararlos y dejarlos listos para el velorio.

Pero Rosendo Funerario no se resigna a ello. Ha formado en la tanatopraxia a personas de la ciudad, el país y Latinoamérica. Habla con orgullo de sus alumnos en Venezuela, Brasil y Argentina. Daniel Garullo, posee el único laboratorio de tanatopraxia en Argentina. Allí, por cultura, otras costumbres, no se preparan los cuerpos, se los entierra en un cofre de cinc, así se evita la destilación de líquidos. Solo el veinte por ciento de los fallecidos, tiene acceso a la tanatopraxia. Historias, costumbres, y el recuerdo de alumnos. Éstos se han maravillado con la dotación del laboratorio de Rosendo Funerario. El hombre amable y serio en el trato de las personas, se precia de tener el mejor equipo de Latinoamérica y de ser un inquieto innovador en éste y otros campos. Recuerda las discusiones con los empleados oficiales cuando intentó trasladar los cuerpos hasta su laboratorio. El proceso de conservación debía hacerse en la morgue de hospitales, Medicina Legal y hasta en el lugar de residencia del muerto. Era descabellado pensar en laboratorios tecnificados para el apropiado tratamiento de los muertos. Lugares, mesas, sitios poco higiénicos y poco discretos eran la constante. Y en las casas, ni se diga. Los familiares eran expuestos al deplorable espectáculo del traslado de los baldes con sangre y líquidos corporales desde la habitación del muerto, hasta el sanitario. Todas las estancias quedaban pasadas a aquel aroma de fetidez, característico de los cuerpos en descomposición, y cuando se trata de humanos, ni se diga, son quienes más rápido apestan. El laboratorio dentro de la funeraria, acabó con las condiciones adversas. Se comenzó con los muertos por causa natural. Luego se vio la necesidad de extender el servicio a los de causa violenta, a pesar de la controversia con Medicina Legal. La sensatez, acabó por imponerse y hoy todos los cuerpos pasan por el laboratorio de tanatopraxia.

Rosendo Funerario recuerda cómo en otra época, la única forma de garantizar la preservación del cadáver en condiciones para el velorio, era mediante la extracción de las vísceras. La evisceración fue practicada hasta finales de los años 1980. Con la tanatopraxia, no hubo más necesidad de ello. El arte, basado en la tecnología compleja, garantizaba sanidad, preservación y estética en el tratamiento de los muertos. Herramientas con nombres extranjeros, pronto se volvieron objetos cotidianos dentro del oficio con la muerte. Con el Trocador se abre la cavidad por donde el Hidroaspirador colonizará el cuerpo sin vida. Con él se extraen los líquidos, gases y sangre del abdomen. Con él, el tórax es aspirado con precisión para derrotar los hedores tempranos. Toda muerte siempre involucra un paro cardíaco, independiente de la causa inicial. Los paros cardíacos llevan la sangre fuera del corazón hacia otras concavidades, propagando la podredumbre de la muerte. Podredumbre también estancada en las venas. Con este dispositivo, las vías son liberadas de agentes extraños. El paso debe quedar libre para la posterior inyección de soluciones germicidas y antisépticas. El Porty-Boy, es una máquina para suplantar al corazón desfallecido en las palpitaciones. Con este mecanismo se bombea el sistema vascular. En vez de sangre, recibe soluciones conservadoras de la carne fenecida. La nueva sangre del color del ámbar, se desplaza desde la

Aorta hasta las arterias, alcanzando las ramificaciones y los vasos capilares. La presión arterial vuelve a las palpitaciones de la flor de la vida. El viscoso líquido atraviesa capilares y llega hasta los tejidos en una batalla campal contra gérmenes y bacterias, causantes de la putrefacción. Cada edad, raza, sexo, causa mortal, tiene su presión programable. La técnica alcanza en la muerte lo no alcanzado por los cuerpos en vida. Vuelven a revitalizarse a pesar de la mortecina.

La llama de la innovación en los servicios funerarios no se apaga en Rosendo Funerario. Es un buscador incansable de nuevos medios para mejorar el servicio. Vuelve a hablar del horror producido por la imagen de los muertos vestidos con mortaja. Ese hábito café y los algodones blancos en las fosas nasales, los hacía ver como seres siniestros para espantar a los vivos. El impacto era mayor en los niños. No se resignaban a perder a los seres queridos, y encima debían despedirse, sin remedio, de un fantasma, de una aparición horrorosa. Ese fantasma también fue derrotado por Rosendo Funerario con artimañas estéticas. Cambió paulatinamente la mortaja por un traje usado o nuevo. Esto dio dimensiones distintas al ritual. La idea se propagó con beneplácito. Otras funerarias la copiaron y se volvió costumbre en la ciudad.

Faltaba remediar el aspecto desagradable de transportar a los muertos. Cuando se entraba a policlínica, se paseaba el féretro entre los enfermos, antes de sacar el muerto de la morgue. Se debía entrar la caja fúnebre para poder sacar al muerto. Eso era un horror. Era como si con indiscreción se les dijera a los enfermos, ustedes siguen en la lista de espera. Algo similar ocurría en los sectores residenciales. La caja circulaba y se paseaba por entre los vecinos, quienes todavía no se enteraban de cuanto sucedía, y horrorizados se aglutinaban en comentarios especulativos, tratando de adivinar quién sería el muerto o muerta. Fue entonces cuando Rosendo Funerario, tuvo la idea de la camilla con capuchón para trasladar a los muertos, vino a liberar a los vivos del horror de los signos de la muerte. Pronto se popularizó y se hizo de uso nacional. Todavía hoy es el único comercializador de camillas. Son usadas no solo en funerarias, sino también en cuerpos de socorro. El cuerpo trasladado en una camilla, proyecta el signo de la vitalidad posible. Convence a los observadores de contemplar un cuerpo con vida, debajo del capuchón. El antifaz niega todo signo visible de muerte. Con las camillas vinieron también las mesas para coches fúnebres y los carricoches. La carga pesada representada por los ataúdes habitados de los cuerpos sin vida, desapareció. Ahora se pasean calmosos sobre rodamientos. La elegancia en el ritual fue llevada a su máxima expresión.

La inventiva del hombre cincuentón no se detiene. Sus ideas se concretan en acciones y objetos para el buen morir. Un testigo de ello es la mesa de acero inoxidable para el tratamiento de los cuerpos en los laboratorios. A los lados tiene canaletas para la circulación de los líquidos y los fluidos de los cuerpos. Cada detalle, cada instrumento, cada nueva idea está gobernada por el principio filosófico de las normas básicas de higiene, ética y dignidad. El muerto es el centro de atención en todo el proceso. El arte se esfuerza por recobrar transitoriamente el artificio de la vida en la muerte. Alcanza hasta a recuperar la identidad del muerto cuando la violencia cruel se lleva los rasgos básicos. Garantiza a los familiares la recuperación del rostro y las manos lo más parecidos posible a como eran en vida, aún en casos de desfiguración atroz. Las bombas indiscriminadas, terminaron por descuartizar los cuerpos, y se debía hacer algo al respecto. En abolladuras dejadas por heridas o enfermedades crónicas, se logran excelentes resultados mediante la aplicación de Masilla Naturo y hasta con siliconas. Se usan aerógrafos para asperjar base por el rostro y devolver el color natural a la piel. Pero el truco clave para recuperar las facciones naturales del muerto, está en el uso preciso de la inyección de las soluciones germicidas y antisépticas. La reacción producida por las soluciones en los tejidos, devuelven las facciones a su expresión natural. Arte, artificio, técnica para volver sobre la carne muerta los signos engañosos de la vida.

Objetos, acciones, y hechos hablan del hombre inquieto. Como un chaman de tribu milenaria, prepara el sendero hacia la vida eterna. Acciones para marchar sin temores hacia lo inefable. Acciones como las del cortejo fúnebre, surgidas de lo accidental. Muchas de las innovaciones de Rosendo Funerario, fueron producto del error o del olvido. Vuelve el recuerdo de los comienzos para muchos de sus inventos. La flota de taxis Nutibara, era la encargada de prestar los servicios de transporte funerario. Los conductores mal vestidos y de lenguaje poco decoroso, eran la mancha gris del ritual. En los momentos de espera, se entregaban al juego de la machuca, ese volver monedas del otro lado, mediante los golpes de una canica. Quien más monedas giraba, era el ganador. Se llevaba todas las monedas cuando las había logrado voltear del otro lado.

Los chóferes también vociferaban con expresiones soeces. A veces se escuchaban desde el interior de la iglesia, donde se rezaba al muerto. Aquello se debía remediar. Un nuevo amanecer vino para el ritual. Se vendió la idea entre las personas con vehículo. Los particulares acogieron gustosos la invitación para transportar familiares y amigos de los muertos. Las damas formaron grupos en corto tiempo. Ofrecían el servicio a las diferentes funerarias de la ciudad. La propuesta dio buenos resultados. Pronto se las dotó de uniforme. Con ellas vino la innovación del cortejo. Para entonces, los ramos se dejaban en las escalas del atrio de la iglesia. Mientras se oficiaba la misa, se trasladaban hasta la tumba.

Otro accidente, otra ganancia para el ritual. En una ocasión no hubo tiempo para el traslado de los ramos hasta la tumba. Las damas debieron colaborar con el traslado de los ramos, mientras acompañaban el féretro. Desde entonces, lo asumieron como una actividad más de su oficio. Ensayaron nuevas disposiciones. Los colocaron sobre las orillas del camino por donde debía transitar el muerto. Luego decidieron llevarlos a lado y lado de la caja con actitud respetuosa. El efecto visual se impuso. Los cuatro caballeros del cortejo se agregaron al ritual. Y hoy, hasta el entierro más modesto, cuenta con los caballeros para cargar el ataúd y las damas para trasladar los ramos de flores.

De accidente en accidente, se fue haciendo el ritual más vistoso, y con él, un nuevo rasgo marcado del hombre capaz de aprender de los errores. Los cirios antes llegaban hasta el techo. Fueron desplazados por los velones actuales de un modo circunstancial. Un nuevo hecho por fuera de rutina, se convirtió en una adquisición nueva para el servicio funerario. Todo debía quedar instalado para el velorio, pero los cirios se habían quedado olvidados por las prisas. Como no había tiempo para regresar por ellos, Rosendo Funerario fue hasta una tienda cercana y compró unos velones. Los instaló provisionalmente, prometiendo regresar pronto con los cirios de costumbre. Cuando regresó con ellos, los familiares prefirieron los velones. Desde ese momento acompañan al muerto en los velorios, a una modesta altura desde el piso. Ahora aspira a tener igual suerte en su intento de imponer las cajas metálicas. Las considera la solución ecológica para la muerte. Tienen enchapes de madera para simular en su forma exterior, a las de madera. Los cofres, para él, no deben seguir siendo de madera. Ocasionan daño al ecosistema con la tala de árboles. Está impulsando a cambio, la fabricación de ataúdes de aluminio, pintados con acabados como si fueran de madera.

Rosendo Funerario se molesta cuando se le insinúa cómo la oleada de violencia en la ciudad ha sido rentable para el sector funerario. En su opinión, el "fondo oscuro", no significó ningún adelanto económico.

—Por el contrario, en algunos aspectos lo afectó. Ni siquiera en lo tecnológico hubo progreso. Los adelantos tecnológicos de hoy, ya se tenían entonces. Pero en cambio sí afectó a las sociedades mutuales. Muchas quebraron en su afán de afiliar a personas menores de cuarenta años. No vislumbraron el cambio de los tiempos. Fueron sorprendidas por una ola de violencia sobre la gente joven. El número de muertes se incrementó de un momento a otro y debieron hacer desembolsos funerarios no previstos. Ellos le habían apostado a la muerte de personas mayores, y ahora fallecían las más jóvenes. Éstas no habían tenido tiempo de cotizar lo suficiente, para hacer al negocio rentable, o por lo menos sostenible.

—Tal como estaba pensado el sector solidario de servicios de exequias, estaba abocado a la quiebra. No es lo mismo responder por servicios a responder por dinero. Desde hace tres años, se entró en la modalidad de prenecesidad. Un nuevo enfoque del negocio. Eso ha llevado a un desplazamiento desde los servicios de necesidad inmediata, a los de prenecesidad. Para el primer semestre de 1999, el veintitrés por ciento de los muertos contaban con servicios de exequias prepagados. Este panorama económico de la muerte, también se ha visto afectado por el cambio en la cultura hacia la muerte. Las encuestas recientes revelan preferencias por la cremación entre personas con edades hasta los cuarenta años. En la cremación, el campo de acción de las funerarias, es menor. No es como cree el común de la gente. Las funerarias no nos estamos forrando en dinero

La presencia activa de Rosendo Funerario, lo ha llevado a ocupar cargos importantes en las agremiaciones del ramo. Es el actual presidente de Corfucol, Corporación de Funerarias de Colombia. Es el Vicepresidente de Remanso. La agremiación reúne a los prestadores de servicios funerarios. Es miembro de Alpar, la agremiación de funerarios de Latinoamérica, y de AFA, la Asociación de Funerarias de Antioquia. Hoy, después de veintiocho años de ejercicio, confiesa, dejó de trabajar hace cinco años, aunque nunca falta del negocio. La Funeraria San Vicente, dejó de ser su lugar de trabajo, para constituirse en el espacio donde logra la realización como persona. Este oficio le gusta y lo gratifica más allá del sustento económico.

Luis Carlos Molina Acevedo

TERRITORIO DE LOS CUERPOS YACENTES

El Carro funerario entró despacio por el Portón del Cementerio Universal. Llegó hasta la Zona M y se parqueó cerca del lugar donde sería la morada final de Rosendo Asesinado. Cuatro hombres uniformados bajaron el féretro del auto. Dos mujeres, también uniformadas, encabezaron la marcha hasta la tumba. Llevaron en las manos los pocos ramos de flores, enviados para despedir al difunto. En medio del corrillo de familiares y acompañantes, descargaron el ataúd en la tierra. Destaparon la caja para la despedida final y Rosa Maternal volvió a estallar en llanto. Expresaba sin contenerse, su incomprensión de por qué habían matado a su hijo. Por qué debía ser él. Le reclamaba a Dios por haber permitido fuera su hijo la víctima. Un hermano del difunto, fue el primero en regar la noticia de la tumba inundada.

Al amanecer había llovido y la tumba estaba invadida por el agua hasta la mitad. Pero no era agua, aquello era líquido verdoso y fermentado, producto de la destilación de líquidos de los muertos adyacentes y filtrados a través de las franjas de tierra entre una tumba y otra. Los sesenta centímetros no eran una contención suficiente para el paso de fluidos de una fosa a otra. Los familiares dolidos, les reclamaron a Rosendo Enterrador y Rosendo Enterrador Antiguo. Le reclamaban el no haber tenido la tumba lista. Ellos se defendieron. No era culpa de ellos si había llovido. Y tampoco les competía hacerlo. Sacar el agua era una responsabilidad de la familia.

Una tía del muerto, después de discutir airada con los trabajadores del Cementerio, se quitó los zapatos y se remangó los pantalones. No estaba dispuesta a enterrar a su sobrino en una piscina. Tomó el pequeño balde, dejado por los trabajadores con disimulo cerca de la tumba, como si alguien lo hubiera dejado allí olvidado, e inclinando su cuerpo sobre la fosa, comenzó a sacar el líquido verdoso represado. El líquido formó cauce para descender hasta la vía central del Cementerio, buscando el desagüe cercano al panteón central de bóvedas. En el trayecto hizo pequeños charcos. Expelía un olor penetrante. El aire se enredaba en la nariz y hacía arder las mucosas. Algunos moscos se alborotaron también y comenzaron a picar con fiereza a los acompañantes.

La tía viendo cómo la tarea no prosperaba con la rapidez requerida, se metió en la fosa. Ya no le importaba si sus pies se pudrían al contacto con aquella mezcla mortal. Entretanto, un hermano de Rosendo Asesinado, conversaba con los empleados de la funeraria. Quería saber si había otra alternativa. Ellos le plantearon la de cremar el cuerpo, pero debían llevárselo de nuevo. Rosa Maternal se consideró incapaz de resistir aquello. No cabía en su mente velar a su hijo durante otra noche más. Si quieren lo pueden dejar en la funeraria, dijeron ellos, después de todo, ya está rezado y al día siguiente solo será cuestión de llevarlo a los hornos crematorios. El hermano con un sentido más práctico dijo: "es mejor enterrarlo de una vez. De todas maneras se va a pudrir con agua o sin agua". Para ese entonces la tumba había sido liberada de la fétida agua y solo quedaba un ligero fondillo.

Los Rosendo Enterrador extendieron el grueso lazo sobre la boca de la fosa. Los acompañantes se arremolinaron alrededor de la tumba para ver el acto final. Éste sumiría en la desaparición física, la existencia de Rosendo Asesinado. Los enterradores les dieron indicaciones a los familiares. Debían depositar el ataúd sobre las cuerdas. Con él balanceo, movieron al unísono ambas manos y lo descargaron con agilidad en el fondo. Luego, usando palas, empezaron a empujar la tierra depositada en montículos alrededor. Los familiares se quedaron un rato más. Esperaron hasta cuando la tumba quedó totalmente cubierta con los terrones apelmazados. Los acompañantes corrieron a buscar el autobús donde habían venido, no fuera y los dejaran allí.

Territorios de los enterradores

Rosendo Enterrador sudó frío cuando la pala fue disminuyendo la cantidad de tierra sobre el féretro abandonado en el fondo de la fosa. Esperaba, de un momento a otro, el muerto cogería uno de sus pies para vengarse de él por pisarlo. Aquella sensación crecía. La pala entraba con dificultad y obligaba al esfuerzo físico extra. Pero el malestar físico no era suficiente para alejar el terror. La tierra seca obligaba a ejercer mayor fuerza para arrancar cualquier bocado del polvo negro. Los familiares alrededor, esperaban entre curiosos y respetuosos. Algunos dejaban lagrimear los ojos recordando al muerto en vida. Pero todos esperaban el momento para ver al ser querido, vuelto esqueleto, brotar de entre la tierra. La pala estaba cerca de tocar los restos del féretro. El pánico fue insoportable. Rosendo Enterrador no resistió más. Salió de la tumba enjuagado en sudor. Se excusó con los familiares más próximos y se alejó. Corrió en busca de Rosendo Enterrador Antiguo. Éste al verlo, comprendió enseguida el trauma del comienzo. Era demasiado nuevo en el oficio para haberse habituado como se requiere. Con palabras de aliento lo calmó. Le hizo ver aquello como un trabajo igual a otro. Y en un gesto de solidaridad, se dirigió hacia la tumba a terminar el trabajo iniciado. Con agilidad hundió la pala y pronto apareció la tapa de madera deshecha. Encima del esqueleto quedaban los vidrios quebrados por la presión de la tierra y algunos pedazos de madera carcomida por la humedad. El enterrador podía ver los primeros signos de huesos entre la tierra. Con unos guantes negros de caucho, empezó por los pies. Levantó las medias amarillentas pero intactas. Las ladeó y sacó el peroné izquierdo y la tibia. Adentro quedaron los huesos de los pies. Los restos estaban deshechos y totalmente libres de carne. Luego repitió la operación con el calcetín derecho. Después juntó las puntas de la camisa y como quien hace un atado, levantó la osamenta de la columna, las costillas y omóplatos. Entregó el envoltorio a la madre del muerto tal cual. Luego levantó los huesos de las extremidades superiores. Con la pericia y la destreza del conocedor del oficio, comenzó a rastrear cada uno de los huesos de la cabeza, totalmente separados por el tiempo. Los familiares empacaron los últimos vestigios del muerto en un cofre metálico y se marcharon.

En la tarde vino la segunda prueba para Rosendo Enterrador. El entierro entró al cementerio a las cuatro y quince de la tarde. Ahora estaba tratando con un muerto real. Un calor frío le paralizó el cuerpo. El llanto de los familiares le aceleró el pánico interior. Se sentía culpable de la muerte de ese joven. Lo imaginaba extendido en el cofre mortuorio. Miró a su compañero de faena. Éste le devolvió la mirada con un ademán de comprensión. Entendía perfectamente qué estaba sintiendo. Él también lo había experimentado dieciséis años atrás. Y lo más curioso de todo era cómo el nuevo enterrador pronto se acostumbraría, también, a aquellas faenas con la muerte. Pronto sería un habitante más de los territorios de la muerte. Un ser indispensable en un país donde los durmientes necesitan bien poco de los vivos.

Extendieron los gruesos lazos sobre la fosa abierta. Pidieron ayuda a algunos familiares. Ellos levantaron la caja y la colocaron encima de las cuerdas. Con un movimiento rápido, Rosendo Enterrador Antiguo, dejó al cofre deslizarse al interior de la fosa. Rosendo Enterrador titubeó al comienzo. Casi permitió al féretro voltearse, pero imitando a su compañero, aflojó el brazo y lo dejó caer libre. Casi instintivamente, también comenzó a tirar paladas de tierra sobre la caja. Aún sentía si el muerto fuera a enojarse con él por cubrirlo de esa manera.

Seis meses de desempleo llevó a Rosendo Enterrador al oficio de enterrador. El día marcaba las postrimerías del año. En el mundo exterior, los preparativos para despedirse del año, cundían por todos lados. Pero la fiesta no estaba en la mente de los familiares del muerto, ni en la de Rosendo Enterrador. Eran otras sus preocupaciones. Eran más los temores y no el afán de celebrar. Pero el tiempo acaba por curar todo. Ocho años después de su experiencia inicial como enterrador, sería capaz de contar cómo los muertos le espantaron el sueño durante las dos siguientes semanas. La sugestión de ser atrapado por los muertos para llevarlo al mundo del más allá, le duró dos meses. Logró superar todo aquello gracias al consejo dado por sus compañeros y a varias sesiones de terapia psicológica. El psicólogo logró convencerlo de la naturalidad de la muerte y de cómo, el de enterrador, era un oficio como cualquier otro y alguien lo debía desempeñar en la distribución social del trabajo.

Rosendo Enterrador Antiguo, es el de mayor número de años de servicio en el Cementerio Universal. Hace veinticuatro años se unió a otros trece trabajadores para realizar los oficios propios del lugar. Hoy solo lo acompañan siete. Ingresaron después de él, para ayudarle con las mismas tareas. En su memoria está el momento amargo cuando debió cavar la tumba para enterrar a su padre. Es un acto para ser realizado como un ritual donde se pone el conocimiento del oficio. Se trata de rendir sentido homenaje al ser querido. En su memoria también habitan los tres días cuando debió trabajar durante la noche. Los muertos de la tragedia de Villatina, prolongaron las actividades hasta las tres de la mañana. El rodamiento de tierra en aquel barrio popular, dejó juntos más muertos de los enterrados por él en varios años. Fueron tres días donde se dio sepultura a unas trescientas víctimas del deslizamiento de tierra. Arrasó con las viviendas del barrio de invasión al Oriente de la ciudad de Medellín.

Luis Carlos Molina Acevedo

Territorios del descanso con la muerte

El Cementerio Universal de Medellín - Colombia, fue inaugurado el domingo 5 de Septiembre de 1943. Después de diez años de devaneos, la obra era una realidad. En 1933 el Concejo de Medellín, había dispuesto su construcción. La disposición tuvo como punto de partida la aprobación de los planos de la obra. Para el diseño arquitectónico, se abrió un concurso nacional. Los planos ganadores fueron los presentados por el maestro Pedro Nel Gómez, quien a su vez pasó a ser el director del proyecto. En ese mismo año, se había nombrado una comisión del cabildo para la elección del terreno. En esta elección se debía tener en cuenta el desarrollo futuro de la ciudad, y un hecho importante, debía estar ubicado en los terrenos más bajos de la ciudad.

El proyecto nació de la necesidad de clausurar los antiguos cementerios San Lorenzo y San Pedro. Representaban grandes problemas de salubridad. Debido al crecimiento de la ciudad, los cementerios habían quedado en el centro y en algunos terrenos altos. De este modo, las aguas podridas e infectadas se filtraban hacia los barrios bajos, produciendo epidemias. Pero el nuevo Cementerio empezó a funcionar, y los otros dos no se cerraron. Siguieron operando a pesar de las quejas generalizadas. Aún hoy, el Cementerio de San Pedro presta sus servicios. Al Cementerio San Lorenzo, en cambio, le llegó el fin de sus días a comienzos de los años de 1990, pero por razones distintas a las de higiene. Los intereses urbanísticos desaparecieron al primer cementerio para pobres de la ciudad de Medellín.

El Cementerio Universal, fue construido bajo las normas más modernas en materia de cementerios a nivel del mundo. Esta tarea no fue fácil. Ante la ausencia de una legislación amplia en materia de política mortuoria en Colombia, el maestro se basó en las experiencias avanzadas en el campo. Estas características hicieron a la obra única en el país. Fue el primer cementerio organizado y técnicamente planificado. Se proyectó como una solución para 50 años de operación, de acuerdo con los cálculos futuros sobre mortalidad. Pero además se contemplaron las condiciones necesarias para desarrollos futuros, acordes con las condiciones futuras. Para ello se reservaron terrenos adyacentes. El cementerio se inició con un área de doce cuadras y desde el comienzo se proyecto como un cementerio-jardín moderno en todo sentido. El cierre de las bóvedas sería hermético y se cuidaría cada detalle higiénico y arquitectónico, para la doble finalidad de ser a su vez un paseo-jardín de la ciudad, pues se estaba construyendo en los terrenos, en donde antes estaba la zona de los jardines de la Facultad Nacional de Agronomía, a pocos metros de las avenidas más importantes de la ciudad (las circundantes del río Medellín).

El diseño del Cementerio contempló cinco grupos. El primer grupo fue el de las fosas comunes. El segundo grupo las tumbas individuales, la cripta y la capilla. El tercer grupo las tumbas para ricos y capilla católica. El cuarto grupo fue destinado a los servicios del ante-cementerio. Éste estaba constituido por alas principales. El ala izquierda estaba planeada para la administración general, y estaba compuesta por las oficinas de administración, caja, arquitectura, información, guardianes y jardineros, y gran salón para el archivo general. A un lado estaba localizado el semillero, los talleres para vaciado de lápidas, herramientas y servicios. El ala derecha, a su vez, estaba formada por la oficina médico-legal, la sala mortuoria o sala de observación de cadáveres, dentro de la cual habría una gran caja emparedada de vidrio, cerrada, donde se colocarían los cadáveres de personas muertas a causa de enfermedades muy contagiosas, si la dirección de higiene los obligaba a velar en el cementerio. Luego una sala para las diligencias de necropsia de cadáveres encontrados en la calle. La alcoba del médico, una sala para el público y otras alcobas para guardias y servicios. A un lado quedarían los garajes para los carros de pompas fúnebres de propiedad del municipio, con su sala para desinfección.

El área de las fosas comunes fue concebida con verdaderos jardines cruzados por avenidas, estudiadas desde el punto de vista arquitectónico, con fuentes y otros motivos ornamentales. Las tumbas de los niños quedarían separadas de las de los adultos. Tendrían dimensiones estándar y llevarían, cada una, su indicador del número de registro, cuando fueran ocupadas, en los libros. Cada fosa estaría rodeada por un seto de flores de 60 centímetro de ancho. El conjunto de un grupo de fosas formaría un núcleo, una especie de manzana numerada en los planos y dividida en zonas. Permitiría la visita individual a cada fosa. Cada manzana estaría rodeada de jardines.

Para las exhumaciones, en distintos lugares del área total, quedarían localizados los osarios comunes. Serían monumentos arquitectónicos. La época de exhumaciones estaría reglamentada por las resoluciones de la sección de higiene del municipio. Cuando los restos no fueran a los osarios comunes, es decir, cuando los interesados los quisieran conservar separados de los demás, irían a la cripta subterránea. Ésta rodearía una parte de la colina superior, donde serían conservados en pequeñas cajas metálicas vendidas por el municipio a bajo precio.

Otra zona era la de los túmulos: tumbas individuales con pequeños monumentos ornamentales. En el centro de esta zona estaba proyectado un octógono independiente, rodeado por una pista octogonal bajo la cual se hallaría la cripta subterránea para las cenizas. Esta cripta estaría constituida por un corredor subterráneo alumbrado lateralmente en tres lados del octógono por ventanales arquitectónicos. En el interior de este corredor se encontrarían las casillas metálicas. Permitirían la conservación de los restos de una o varias personas, a voluntad de sus deudos. De este octógono partiría una gradería monumental. Terminaría en su parte superior en la capilla votiva, capilla donde estarían los monumentos y tumbas destinados a personas célebres de la ciudad. Lateralmente estaría otro osario común. Terminaría en la universalmente llamada "linterna de los muertos". Entre los túmulos habría libre paso y se encontrarían algunas fuentes monumentales y decorativas.

La zona de tumbas para ricos, sería la parte más monumental del cementerio. Estaría construida por bóvedas y monumentos. Tendría un gran patio central, en cuyo fondo se hallaría la capilla católica y en el otro extremo, el ante-cementerio. El ciclo de las bóvedas, estaría rodeado por una amplia avenida circular. El pórtico interno del ciclo sería monumental y estaría atravesado por los tres ejes principales y básicos del cementerio. El eje central comenzaría en el gran pórtico localizado en la plaza exterior del cementerio, construido en uno de los extremos del terreno.

En resumidas cuentas, era el paraíso soñado, hecho realidad en la genialidad del arquitecto. Al leer la descripción sobre el producto final, esperado, del cementerio, queda la sensación de ser la descripción del cielo, pregonado por la iglesia a sus feligreses. Se nota con creces la presencia del artista en el liderazgo del proyecto. La estética proyectada sobre el terreno de doce cuadras invitaba a habitar el lugar sin temores, con la seguridad de la paz garantizada. Parecía más un parque de paseo dominical para los vivos, y no un parque cementerio.

Gran parte del diseño se quedó solo en promesa. Algunas cosas se hicieron, otras no, en un claro incumplimiento administrativo hasta con la muerte. La demagogia política no excluía ni a la muerte de las mentiras electorales. El cementerio comenzó a funcionar en 1943 con grandes zonas de fosas comunes y un bloque de cerca de 400 bóvedas de bajo costo, clasificadas para niños y adultos. También contaba con la destinación de zonas para monumentos conmemorativos y grandes bloques de bóvedas para el pueblo. Estas construcciones se debían ejecutar inmediatamente después de la apropiación, por parte del Concejo Municipal, de las partidas necesarias del presupuesto. La construcción fue progresiva. Cada año se construían secciones importantes del cementerio, pero el paraíso soñado no se concretó.

Otros maestros, además de Pedro Nel Gómez, participaron en la construcción del cementerio. Octavio Montoya, fue el autor del motivo de la faena diaria del bombero, ubicado en el Mausoleo del Bombero. Y en otras obras estuvieron presentes artistas como Alberto Marín Vieco, Bernardo Vieco y Carlos Gómez Castro. Todavía hoy es posible identificar el plano trazado en hemiciclo, con algunos motivos ornamentales económicos, tales como jardines y relieves. Pero gran parte de esta presencia artística ha desaparecido hoy entre el rastrojo y el despojo de una estética, no necesaria para los pobres. Ya no se siembran flores. Se controla así la costumbre de algunos dolientes de arrancarlas para llevarlas a las tumbas de sus seres queridos. Solo la tierra escueta en donde dejar abandonados a aquellos, quines pagaron con balas en sus cuerpos, la deuda a una sociedad vengativa. Ésta cobra con muerte violenta los desvíos de la norma.

Como atracciones arquitectónicas, estaban la Gradería y Capilla Votiva. En la parte baja, la Cripta para las cenizas, el Pórtico del sitio de las Bóvedas centrales, la capilla Católica y el Pórtico Principal de la entrada. De esto solo se desarrolló la mitad, las Bóvedas Centrales y el Pórtico. Lo demás se quedó en las promesas políticas. Todos parecen haberlas olvidado en una amnesia colectiva.

El lugar idealizado en la mente del maestro del arte mural, concebido como contemplación estética de la muerte, ha pasado a ser un triste remedo del descanso eterno. Ahora en la mentalidad colectiva, el nombre de Universal, se ha desvirtuado y ha pasado a llamarse el "cementerio de los pobres" o el "cementerio del olvido". Es un territorio de la muerte donde el concepto "universal" ha perdido su significado. Nunca existieron las tumbas para ricos proyectadas desde el comienzo. Pensado como un territorio donde al fin los ricos y los pobres pudieran convivir en armonía, terminó siendo solo un territorio más de pobres enterrados al margen de la ciudad. "Pobres" y "Olvido". Nombres nacidos de una práctica cotidiana. Allí se entierran los muertos de la ciudad con pocas pertenencias, y hasta a quienes nada tienen. A éstos, el municipio les regala una caja "guerrillera" y la tumba. Así puedan descansar en paz después de una vida de penurias. El nombre de "guerrillera", nace del aspecto simple del cajón de madera sin pintar. Madera ordinaria para guardar los cuerpos de guerrilleros, sin dolientes para reclamarlos y darles una sepultura digna. Ahora también guarda a los seres anónimos de la muerte, sorprendidos en cualquier lugar de la ciudad, nadie los reclama ni los parece conocer. Pero también es un territorio del olvido. Es un lugar donde se botan los muertos para borrarlos también de la memoria, no se los quiere recordar. Se los esconde allí como una vergüenza. Los vecinos y conocidos no deben sospechar siquiera su existencia.

Después de años de olvido, el solar de la muerte vuelve a ser centro de atención. El cementerio se está remozando en su exterior. El cambio al siglo XXI, le trajo nueva cara al Cementerio Universal. Los fríos muros de ladrillo como paredes de prisiones inviolables, han caído. Ahora se tornan en rejas o ventanas para permitir la vista de las tumbas desde fuera. Quizá también dejen a los muertos contemplar desde sus tumbas, las prisas de una vida exterior, ahora extraña para ellos. Los adobes con pináculos se elevan creando la sensación de la casa abierta para el descanso, sin perder el diseño original del maestro Pedro Nel Gómez. El nuevo diseño conserva las esculturas de la entrada, un Cristo y un ángel. En otros tiempos, las esculturas daban la bienvenida a los cansados de la vida. Ahora el ingreso se hace por dos entradas laterales al Frontón. Los autos acompañantes del muerto, ahora pueden ingresar hasta el interior, antes no podían hacerlo.

Este territorio de la muerte sigue siendo el más visitado por los jóvenes de la ciudad, sorprendidos en el tiroteo furtivo. Allí llega la mitad de los jóvenes, víctimas de la violencia, ensañada con los pobres. Hombres cuyas edades oscilan entre los quince y los treinta y cinco años, ven apagadas sus vidas antes de tomar conciencia de la quemadura de las balas en la piel. La cifra de entierros se niega a disminuir en este territorio de muerte. Noventa entierros al mes hablan de una ciudad donde sus habitantes liberan su agresividad en el sonido de un arma para apagar la vida del semejante. Es el territorio de los tránsitos numerosos por ser el más barato en comparación con los otros nueve cementerios de Medellín. Pero sigue siendo caro para quien tiene poco. Un muerto inesperado, obliga a la familia pobre a endeudar por años el salario mínimo, ganado en la industria o en actividades comerciales marginales. Algunas deben mendigar para poder dar sepultura a sus muertos. Se los ve de casa en casa mendigando una moneda, o en autobuses de servicio público, suplicando a los pasajeros cualquier ayuda monetaria para superar la inoportuna emergencia.

En el cementerio de los pobres y del olvido, algo de los pobres y de los ricos llegó a convivir hasta comienzos de los años 1990. La pompa de los entierros pudientes, no permitía sospechar la verdad de fondo. Parte de los muertos no quedaba allí en la tumba lujosa y costosa de los cementerios privados de la ciudad. En esos territorios, hasta después de la muerte, se marca la clase social. La opulencia económica se plasma en mármoles artísticos. Aprisionan al difunto para impedir su escape de nuevo hacia el mundo de los vivos, donde la repartición de la herencia es objeto de guerras y disputas de sangre. Sí, en la fosa común ubicada cerca de la Zona U, del Cementerio Universal, convivieron hasta finales del siglo XX, las vísceras de ricos y pobres en un mismo lugar. La caneca donde el anfiteatro acumulaba las entrañas de las autopsias de varios días, era vaciada sin distinciones de clase social en la misma fosa común. Allí se descomponían con rapidez y dejaban el espacio libre para nuevos desechos humanos. Éstos también se pudrirían junto a las tumbas de los muertos sin nombre, los N.N. de la Zona U.

Quién sospecharía lo imposible. Las entrañas de Pablo Escobar, el primer mafioso en ocupar las listas de los más ricos del mundo, de las revistas norteamericanas, se pudrieron al lado de las fosas de los N.N. del Cementerio Universal. Si, allí en la Zona U, se redujeron a polvo esas entrañas del poderoso hombre. Ellas le permitieron experimentar más de una sensación importante en la vida. Se pudrieron junto con las de varios pobres, incluso con las de muchos a quienes mandó a matar. Gran paradoja de la muerte. Ésta no repara en los escrúpulos de la vida. Nada sabe de lujosas fosas. Sus vísceras junto con las de los muertos de ese día, y los anteriores y posteriores, fueron a parar a la fosa común del Cementerio Universal.

Pero el dinero puede cambiar muchas cosas. Los ricos pudieron librarse de esta humillación final, gracias a los avances de la tanatopraxia. La conservación de los cuerpos es total y ya no se necesita extraer las vísceras. El cuerpo se puede enterrar con ellas. Ahora los muertos pueden ir completos a sus tumbas de lujo, siempre y cuando no hayan sido doblegados por las balas furtivas de la ciudad. En este caso, sus vísceras irán a parar a la caneca, mientras se realiza la autopsia, y de allí a la fosa común de la Zona U.

Territorio del diálogo con los muertos

"The punk not dead", está escrito en la cruz de cemento, puesta como corona en una de las tumbas de la Zona N-2 del Cementerio Universal. Signo de un hecho biológico, todavía no aceptado. Diálogo con los muertos en la esperanza de saberlos en algún lugar con su misma corporeidad desde donde nos vigilan y siguen conviviendo con los vivos, así éstos no los vean. Esfuerzo por mostrar la gratitud a quien en vida no se mostró. Signos para apaciguar el temor a las represalias del muerto desde el más allá. Con el vivo se puede ser ingrato porque siempre hay defensa posible contra él. Pero con el muerto ninguna fortaleza vale. Siempre lleva las de ganar. Solo queda dialogar con él, disuadirlo de sus intenciones de revancha. Escribirle en otros idiomas o en el propio. Escribirle con buena o mala ortografía, pero escribirle para ganarse el derecho a vivir en paz.

Cualquier lugar del cementerio es bueno para dialogar con los muertos. La conversación en voz baja mientras se cambian las flores marchitas por otras frescas. Mientras se desyerba la superficie de la fosa en tierra. Todo lugar y momento es propicio, pero el territorio más favorable, lo constituyen las tapas de las lápidas de los mausoleos. En lo alto del paredón y como si hubiera salido de una bóveda, una cucaracha rubia se pasea. Se detiene a contemplar al cronista mientras rastrea los mensajes dejados allí para la eternidad de los cuerpos sin vida. Luego de la observación estacionaria por varios minutos, el insecto vuelve a desaparecer, mientras la mirada del cronista se sumerge en la historia de cada texto dejado en las paredes. Los muros, se vuelven el medio de comunicación directa con la muerte. El muerto es todavía el confidente: "estuve toda la noche enumerando los astios (hastíos), me sobró la fantasía, pero me faltó el espacio, entonces dentro de el (del) alma se (sé) que esta tu bos (voz) recordado Andrés". Se lee en la bóveda 12 donde reposa Giovany Andrés Valencia, enterrado el 19 de Julio de 1997. Ahí mismo con otra letra y otra pintura: "los noñes por siempre". "Pitufo tu amigo por siempre". "Mariguana".

Los mensajes se suceden como una cadena de transacciones con el poder de lo insondable. En la tumba 22 de Naila María Hurtado, una declaración de amor se arriesga hasta el más allá. "Muñeca eres inolvidable, te amé, te amo, te amaré". Pero también están las cartas cortas. "Alfredo te quiero, ATTE Viviana y Nancy". En la tumba 85 de Darío de Jesús Vásquez, como un epitafio para recordar el gusto del muerto o del vivo, una hoja de periódico exhibe un crucigrama con el tema de las selecciones del mundial de fútbol Francia 98. Apetencias, declaraciones, arrepentimientos, desfilan por los territorios de diálogo con la muerte. En la 17, "anoche soñé contigo, lo que pido es volver a verte, La Pola". En la 28, "cortaron las alas de tu vida pero no pudieron matar nuestros sentimientos. Nancy, busca aya (allá) en los confines de otro mundo lo que no pudiste encontrar aquí en la tierra". Aquí, unas flores plásticas rompen la normalidad del lugar, bóvedas sin decoración y olvidadas. En el mejor de los casos, donde el afecto dejó huella, quedan mensajes con pintura a mano levantada y todas las ortografías posibles. En estos diálogos, los muertos continúan cumpliendo años. "Milton y Diana, feliz cumpleaños".

En la zona de bóveda de los jubilados del Ferrocarril, hay una mesa para la observación de los muertos, antes de guardarlos en la tumba para siempre. Parece un altar para actos satánicos. Con letras grandes está escrito el nombre de "Walter" como si fuera un grito desgarrador. En las paredes se repite el nombre con frases desgarradoras. En la tumba 94, las letras dicen "Walter TQM WYS Sandra". Se abrevia el lenguaje. El muerto lo descifrará con precisión. Él sabe TQM es Te Quiero mucho y WYS es Walter Y Sandra. Pero también están los mensajes explícitos. "Dios líbrame de todo mal – Dios es amor. Walter te quiero mucho. Walter y Juliana y Sandra". Trilogías de amores compartidos. Celos fundidos o enardecidos por la muerte inesperada. "Niño te queremos mucho. Niño te extraño – tío – todos te queremos mucho tanto tanto tanto. Walter te ama Lucía". Escrituras después de la muerte. Expresión de sentimientos y afectos, no comunicados en vida por falta de tiempo para hacerlo.

Mensajes de enamorados, quienes se quedan en este mundo mientras ven a su amor partir hacia un mundo de misterio. También quedan los familiares. "Siempre vivirán en nuestros corazones hermano". Está escrito en la tumba 92 de Oscar Fabián Q., como un sentimiento puesto por escrito para contemplación del muerto desde el otro mundo. Igual en la tumba 155 "amor te extrañamos mucho". En la 126, "Madre el encuentro de una futura resurrección nos consuela y anima, te amamos". En la 144, "Te extrañamos mucho en casa", como si fuera un alejamiento temporal y quedara siempre la posibilidad abierta del regreso. En la 206, "Edison Giraldo: tu existencia un grato recuerdo de la vida. Te recordaré desde acá con amor y saludo eterno". En la 207, "Alexander Giraldo, Amor has partido a un mundo que nunca quisiste habitar para siempre. Te amaré desde el fondo de mi corazón". Afectos desgranados en trazos de letras disparejas. El dinero no alcanza para contratar lápidas lujosas, pero a la mano y al corazón sí le sobra voluntad para pintar epitafios sinceros y sentidos, sobre el escueto cemento de las tapas de las bóvedas.

Los muros hablan con los muertos. Los vivos dejan sus mensajes allí para ser leídos por sus muertos cuando salen a pasear en la noche. "Roker – Diana, duélale a la que le duela, ATTE yo tu novia Diana". Dejado como un desafío allí, en la pared norte del mausoleo de Jubilados del Ferrocarril, el domingo 2 de agosto de 1998. "El cuerpo muere pero el alma vive + no te e (he) olvidado", grita el muro más allá. "Nelson te fuiste sin decirnos adiós, estés donde estes (estés) te recordaremos ATT Soraida", como una carta escrita sobre el descolorido revoque. Y más abajo, como una deuda del muerto, heredada por los vivos "Amigos, perdonemen". Los mensajes se riegan de la mano de los vivos como si el muerto poseyera sus almas. Regreso al mundo desde el más allá para reconocer su error en la vida.

No solo la pintura es el medio para hablar con los muertos, también lo es el cemento aguado sobre los muros. El cemento todavía fresco, recibe la impronta del dedo, de cualquier objeto, para cincelar el mensaje. Pero también el cemento disuelto en agua, se vuelve el mejor óleo para escribir sentidos mensajes sobre los muros rústicos en el territorio del diálogo con los muertos. "Luis A.Z.R, te extrañamos ATT: los parceros y las parceras". Este mensaje, con trazos de brocha gorda, se extiende por toda la pared posterior del mausoleo de Conaltés. Más allá, un joven con la cabeza baja, revuelve sus pensamientos sentado en los escalones de cemento. Sus ojos no lloran, pero el alma derrama mares salados de tristeza. Se protege a solas de su sentimiento. No quiere ser testigo del llanto de su compañero a la vuelta. Allí, frente a dos tapas de bóveda recién pegadas, llora y se lamenta el otro joven. Mientras se lamenta, a través de orificios abiertos en los extremos de las tapas de las bóvedas, introduce dos bolas de marihuana. Surte a sus amigos de la hierba, difícil de conseguir en esas otras latitudes de la muerte. En la muerte la traba sigue. No hay razón para no ser igual a como era en vida. Ante la presencia de extraños, no sabe si detener o continuar su pena. Se decide por lo último y como un desafío lanzado a los vivos o a los muertos, dice "los hombres también lloran parceros (amigos). El que no llora es una marica. Pásenla bien donde quiera que estén parceros". Un tercer joven regresa a los mausoleos. Había salido a buscar el "cuero" (papel de calco) para armar el cigarro de marihuana. Migaba la hierba entre sus manos sin amedrentarse con la presencia de los extraños en el lugar. Silbó tres veces con prolongaciones y giros como una clave para advertir a sus otros dos compañeros de su regreso. Esperaba una respuesta sobre qué hacer con los extraños. La respuesta no llegó, debió seguir el recorrido desperdiciando la ocasión de despojar de sus pertenencias a los visitantes desprevenidos.

Los visitantes huyen con el pavor disimulado, lo mejor posible. El cronista y su acompañante lo saben bien, acaban de escapar de un asalto asegurado y quién sabe qué más. Huyen de aquellos territorios de diálogo con la muerte. Las imágenes terribles de la muerte flotan en la mente como emociones frescas. Entre la sombra de los mausoleos de bóvedas del Cementerio Universal, se perciben las presencias de la muerte. Un olor ácido arde en la nariz con cada corriente de aire respirado. Los mosquitos se aferran a la piel como queriendo inyectar algo de muerte. Las paredes llenas de gritos escritos con distintas letras, distintas tintas, sugestionan los sentidos. La paranoia de espíritus flotando en el aire se experimenta como una realidad inmediata. Es inevitable el sentimiento de ser atrapado por alguien al asecho. No existe la certeza de si serán muertos o vivos quienes extenderán el brazo alrededor del cuello, pero la paranoia es latente. El miedo se transmite desde las bóvedas abiertas donde las osamentas se apilan en desorden. Osamentas lanzadas allí para liberar fosas. Éstas serán el hogar de nuevos olvidados y nuevos pobres de la ciudad de los muertos.

Las osamentas deben ser reclamadas a los cuatro años después del entierro, de lo contrario irán a parar a cualquier lugar, a la vista de todos, todos los días y todas las noches. Osamentas sacadas de la tierra después de quince días de cumplidos los cuatro años de sepultura. Osamentas olvidadas allí por familiares desentendidos del tránsito hacia el último territorio de la muerte: los osarios. Se olvidaron de cuándo se cumplían los cuatro años para la exhumación. Se olvidaron de su compromiso de sacar los restos para llevarlos a otro lugar.

Luis Carlos Molina Acevedo

TERRITORIO DE MUERTOS EXHUMADOS

La rubia cucaracha emergió entre la tierra removida. Era el único sobreviviente visible después de cuatro años bajo tierra del cuerpo sin vida de Rosendo Asesinado. Sus alas guardaban el color no alterado por el sol. Tono característico de los habitantes en la sombra. El insecto caminó entre los grumos de tierra sobre la osamenta. Su inexperiencia en el mundo de los vivos, la llevó sin rumbo fijo. Avanzaba como un ser expulsado del paraíso. La pala del sepulturero penetró la tierra para salir rebosante de terrones. Fueron a dar sobre la pila acumulada al lado de la fosa. Allí desapareció la cucaracha. Volvió al edén olvidado por la luz del sol.

Al lado de la tumba cavada, Rosa Maternal esperaba los restos de su hijo sacrificado por las balas intolerantes. También expectantes, estaban los dos hermanos y dos sobrinos del muerto. La más afectada era Rosa Maternal quien arrugaba la frente como signo de un dolor insoportable. Todavía la seguía después de cuatro años. Reconstruía en su mente lo absurdo de aquella muerte. La casi locura vivida en su mente cuando recibió la noticia. La certeza de la venganza alcanzada por Rosendo Satánico, en nada había calmado su dolor. Ahora lo tenía claro, la muerte por muerte en nada remediaba la pérdida. Resignada, adelantó los trámites para la exhumación de los restos de su hijo. Hacía dos días habían completado los documentos oficiales. A la pregunta del administrador del Cementerio Universal de si los cremaría, ella respondió con una queja prolongada y llorosa: "no tengo dinero. Vaya a Bolívar (municipio al suroeste de Medellín), me han dicho, y hable con el papá. Pero yo no quiero ir. No quiero pedirle nada a ese señor. Por culpa de él me mataron al muchacho".

Luis Carlos Molina Acevedo

Rosendo Enterrador terminó de extraer la tierra y los restos del ataúd deshecho. Luego buscó unos guantes negros y como quien conoce un mapa de memoria, comenzó a levantar la osamenta desarticulada del cuerpo descompuesto por el tiempo. Primero los huesos de los pies. Los iba sacando de entre los terrones como si fuera un mago, sacando conejos del sombrero. El ojo humano no los veía desde afuera, pero ahí estaba cada Tarso, Metatarso y demás huesos, grandes o ínfimos. Luego fueron las Tibias y Peronés. Cuando llegó a la región donde cuatro años atrás había estado un tórax palpitante, tomó la amarillenta camisa casi podrida, la enrolló y la colocó afuera de la tumba, cerca de Rosa Maternal. Ella debía decidir la acción a seguir con la vestimenta. En eso, Rosendo Enterrador se conducía como el mejor de los psicólogos, y escasamente había terminado el bachillerato. Luego levantó cada hueso de la cabeza por separado, estaban desarticulados. Los Maxilares, el Frontal, el Occipital. Esos huesos eran los últimos vestigios de Rosendo Asesinado en el planeta tierra.

Todos los huesos fueron cuidadosamente sacudidos por Rosa Maternal para liberarlos de los grumos de tierra. De la camisa amarillenta extrajo una a una las costillas y las fue depositando en una bolsa de papel. Preguntó si podría lavar los huesos antes de llevárselos. Rosendo Enterrador le aconsejó, "mejor se los lleva así. Están muy deshechos. No aguantarían el agua". Rosendo Enterrador, ahora no solo era el mejor psicólogo, sino también el mejor consejero. Había aprendido a mostrar el mejor lado humano en aquellos momentos difíciles para el otro, para los dolientes. Rosa Maternal terminó de empacar los últimos vestigios de su hijo y se dispuso a marcharse. Uno de los acompañantes, sacó un billete y lo entregó a Rosendo Enterrador como muestra de agradecimiento por el respeto y cuidado con el cual había tratado el último recuerdo de su hermano.

Los familiares caminaron hacia la salida del cementerio. Iban hacia el último territorio de la muerte para Rosendo Asesinado: el Osario de la iglesia del barrio Castilla. Allí terminaría el recorrido por los territorios de la muerte. Territorios iniciados en otras geografías, una calle céntrica de la ciudad de Medellín, envuelta en la noche fría de un amanecer del viernes al sábado. Territorios iniciados en el umbral donde la vida lucha con la muerte, el hospital de la guerra no declarada. Territorios continuados en el espacio en donde la muerte celebra el triunfo sobre la vida, circundados por oficinas oficiales. Territorios con extensión a la descomposición del cuerpo, devorado por la muerte, donde el acto universal de la muerte se volvió un nombre sin referente inmediato. Territorios donde culmina el reclutamiento de los últimos vestigios, los cuales soportaron en otros tiempos el milagro de la vida, triste concreción de la máxima: polvo eres y en polvo te convertirás.

Luis Carlos Molina Acevedo

TERRITORIOS TEÓRICOS DE LA MUERTE

El fragmento publicado en la Revista Folios, llega hasta el final del anterior capítulo. De aquí hasta el final, hace parte del texto global.

La razón del hombre no se resigna a aceptar la muerte de Rosendo Asesinado, sin más. Busca laberintos donde los conceptos desfilan cual abstracciones fugaces en la noche clara. La taberna inundada de compases de música salsa, del humo de cigarrillos, y murmullos de conversadores, es ahora el espacio para tratar de esclarecer las razones ocultas de la violencia en Medellín. Las voces ensayan explicaciones para los territorios rojos de la agresión y la violencia. Las palabras atrapan el miedo amedrentador de la ciudad. Tantos Rosendos Asesinados, tendidos en cualquier recodo de una oscura calle. Tantos Rosendos Asesinados agonizando en la noche, o tostados bajo la candente luz del mediodía. Luces de mercurio dudando en la luminosidad ante unos ojos reacios a cerrarse. Con cada Rosendo Asesinado tendido en el piso, florece la esperanza de alcanzar el último eslabón de la cadena, pero la locura no detiene la burla ensañada en defraudar la confianza. La pesadilla es persistente sobre los lechos de sangre. Los teóricos no se resignan a las explicaciones simplistas sobre la violencia en Medellín. Quieren ir más allá. Aspiran a desentrañar la fuente real para tanto desatino urbano. Rosendo Asesinado, ahora es tema de discusión en las tertulias. Rosendo Sociólogo busca en la genética esa razón esquiva. En ella residen las raíces de la agresión, de la tormenta del ciudadano de Medellín. Rosendo Antropólogo, a su vez, se aventura a explorar otro punto de vista. Para él, todo este caos procede de las condiciones amenazantes. Ellas impiden el equilibrio biológico de una especie. El hombre de Medellín no ha evolucionado ética y moralmente, al mismo ritmo del desarrollo técnico. Y Rosendo Estadístico, por su parte, se decide a encontrar una explicación en las cifras. Ellas como volcanes feroces trazan altas curvas, olvidadas de la gravedad. Las curvas se elevan llevadas por el viento, dando coletazos a la vida. Los signos encajan en el rompecabezas del gran misterio de la vida, apagada en la agresión colectiva, y pequeñas luces vuelven a titilar en la noche profunda, como si por fin se comprendiera algo esquivo para el entendimiento. Todos a su modo, creen tener la explicación para algo por fuera del entendimiento de la razón más cuerda. La genética, la evolución o la estadística, se enfrascan en un diálogo, una controversia, para arrojar luces sobre la situación compleja. Todos la quisieran entender y comprender. Es la tertulia de la vida, decidida a no agotarse en el comentario vacío sobre los efluvios del licor. Es la reunión para conversar y tratar de entendernos mejor, como personas, como ciudadanos de una gran urbe sangrante. Ahora solo queda entrar en la taberna y escucharlos defender sus puntos de vista.

Territorio estadístico de la muerte

Rosendo Cronista, no es un amante de la estadística. Dudó mucho si debía o no incluir tantas cifras en un discurrir, caracterizado por confiar más en los hechos, y menos en los sucesos, en las situaciones vividas por los afectados de la ola de violencia. Al final, decidió darle cabida a las cifras. También son puntos de vista. Encierran verdades sobre la realidad padecida por tantos Rosendo de esta ciudad. Rosendo Estadístico, también debe dejar oír su voz. Por eso ahora toma asiento ante la mesa de la gran tertulia, en alguna taberna de la ciudad.

La tertulia de los viernes empezó a la hora de siempre. A las ocho de la noche, llegaron los contertulios. Se habían hecho amigos cuando confluyeron en cursos comunes a varias carreras en la Universidad de Antioquia. Llegaron a la taberna donde siempre podían escuchar la mejor colección de salsa de la ciudad. Entre los humos del aguardiente y el humo de los cigarrillos, hablaron de la lamentable realidad social. Los rondaba todos los días. Hablaron para derrotar el miedo de una ciudad insegura en las noches, y hasta en el día. Trataron de explicarse con palabras qué sucedía en este delirio colectivo. Exploraron el sinsentido de la falta de apego por la vida.

Después del primer brindis y de pasar revista a los concurrentes en la taberna esa noche, Rosendo Estadístico se dio a la tarea de atrapar con cifras las huellas de una violencia urbana desbocada. Abrió su libreta de apuntes, al estilo de Rosendo Funerario, y como él, también habló de cifras registradas por el Departamento Nacional de Estadística, DANE. Se devolvió en el tiempo y trató de sacar conclusiones a partir de los signos matemáticos mediante los cuales se expresaba la muerte. Con algo de pasión dijo:

—Son casi treinta años de cifras. Escalaron altas cimas desde el comienzo y se niegan a descender. La gravedad no las alcanza para traerlas de vuelta sobre terreno firme. Se instalaron en las alturas para trazar nuevas llanuras confortables de cifras disparadas. Las cimas persistentes se transformaron en mesetas preocupantes. En 1974, la esperanza de vida para un bebé de Medellín era de 63 años en promedio. La evolución tecnológica y de la especie garantizaba esa permanencia, pero las condiciones cambiantes del entorno social comenzaron a amenazar la esperanza. En teoría, se podía vivir todos esos años, así las condiciones del entorno dijeran otra cosa. Para 1980, se había ganado un año más de esperanza. Hacia 1985 se alcanzó a agregar otro año a la expectativa de vida. Y tres años más tarde, medio año más de expectativas. El progreso en los servicios de salud extendía el límite de la vida y alejaba el comienzo de la muerte. Esa esperanza de vida hoy, está por los setenta años. Todos podríamos planificar nuestras vidas para vivir setenta años seguros, pero las balas, las explosiones, dicen otra cosa.

—Para mí, todos esos números no explican nada. En el mejor de los casos, describen una situación y nada más —dijo Rosendo Marxista. Para él, la estadística estaba llena de sofismas de distracción. Entretenimiento barato para adormecer a las masas.

Rosendo Estadístico argumenta a su favor. Apenas está comenzando, dice. Lo deben dejar avanzar para mostrar cómo las cifras sí pueden explicar el por qué de algunas conductas. Rosendo Estadístico, vuelve a apasionarse con cada cifra. Las señala con el índice en su cuaderno y las va describiendo con su voz entusiasta.

—En contraposición con el avance tecnológico, la insatisfacción social llevó al incremento de las tasas de mortalidad. La batalla entre el bien y el mal, en una sociedad donde los límites del uno y el otro no estaban bien claros, desvirtuaba lo ganado con el desarrollo tecnológico. La técnica servía por igual para defender o amenazar la vida. Desde mediados de los años 1980, las curvas de mortalidad se elevaron como proyectiles. Se negaron a caer de nuevo. El ascenso de la muerte hacia las alturas, comienza en 1980. En ocho años se pasó del uno punto uno por mil de muertes causadas por envenenamiento, accidente y violencia, al dos punto ocho. Observen cómo eran otras las causas para la mortalidad en Medellín. A su vez, las muertes causadas por infecciones descendieron del punto tres, al punto dos por mil. De un problema inicial de salud médica, la ciudad estaba pasando a un problema de salud social.

Rosendo Antropólogo intentó interrumpir a Rosendo Estadístico. Desde su punto de vista, estas cifras no explicaban la verdadera razón para las manifestaciones de violencia en la ciudad. Rosendo Estadístico, aceleró su discurrir y se negó a detener su explicación. Cualquier perturbación, así fuera mínima, lo despojaría de la palabra, y estaba dispuesto a llegar hasta el final de su razonamiento.

—El problema de salud social se campea por las gráficas. Ello se puede demostrar cuando se muestran los cambios en la atención de urgencias en Medellín. En solo cinco años, el número casi se triplicó. De doce mil registradas en 1984 por Metrosalud, se pasó a treinta y dos mil en 1989. Es una cifra bien significativa. Esta entidad oficial atendió el sesenta y tres por ciento del total de las urgencias en la ciudad, durante este período. Pero más significativo resulta el reporte discriminado por tipos de urgencia. Es muy curioso todo esto. Por enfermedad común se pasó del cincuenta y siete, al ciento dieciocho por ciento, más del doble. La mayoría de estas urgencias fueron de carácter psicológico, y no físico. Ahí tenemos un primer indicador para entender qué empezaba a ocurrir en Medellín. El temor y la zozobra permanentes son capaces de enfermar hasta al sistema nervioso más equilibrado. Es el malestar mental. A veces se experimenta como si fuera fisiológico. Se requiere una respuesta a esa sensación extraña localizada por todo el ser y quien puede saber de qué se trata, es el médico. Es el pensamiento frecuente y común en la sociedad actual de Medellín. Hay un malestar generalizado en el organismo, en los organismos, y eso solo puede deberse a algo: el cuerpo está enfermo, pero ¿de qué? Sí, el cuerpo está enfermo, pero no fisiológicamente. Está enfermo del alma y eso no lo cura el médico, aunque éste crea lo contrario. Confía en el gran poder de las pastas para sanar todo. Una grajea puede devolver la sensación de bienestar al paciente y hacerle creer en un falso bienestar. No se debe curar al enfermo, solo hacerlo sentir bien. Las píldoras se han vuelto la varita mágica para devolver el bienestar, así solo sea un simple ocultamiento del verdadero malestar de las gentes.

—Para mí, siguen siendo explicaciones simplistas —murmuró Rosendo Marxista como recitando una letanía.

—De poco sirve confesarse en estos casos de angustia, o ir al psicólogo, si la sensación es visceral —Rosendo Sociólogo continuó su discurrir, sin prestar atención a las provocaciones de Rosendo Marxista—. El médico, todavía símbolo de prestigio en nuestro medio, en el sentir de las gentes, debe tener la respuesta a todo, qué sienten sus cuerpos y por qué. No saben si duele, si es cansancio o qué es. Sus cuerpos están contagiados de un malestar, es todo cuanto saben. Requieren una cura inmediata, una cirugía, una hospitalización hasta cuando el caos en las calles pase. Necesitan una casa de reposo para aliviar el alma, la mente, el cuerpo, no importa qué.

Rosendo Estadístico propuso otro brindis. Después de saludar a una amiga, quien había llegado acompañada a otra mesa, retomó sus cuadros estadísticos.

—Las urgencias de causas fortuitas pasaron, del catorce al veintinueve por ciento, se duplicaron en esos cinco años, justo en el período donde el "fondo oscuro", Rosendo Fantasma, inició su crudeza.

—Qué fondo oscuro, ni qué Rosendo fantasma. Eso simple y llanamente, es la mistificación de las verdaderas causas del problema. Es cubrir con un velo de tolerancia a los verdaderos culpables de la crisis social —sermoneó Rosendo Marxista, mientras manoteaba al aire con vigor.

—A su vez, las urgencias de lesión por agresión, pasaron del ocho al quince por ciento, se duplicaron. En este mismo tiempo, paradójicamente, se cuadruplicaron las urgencias de ginecostreticia. La cifra pasó del ocho al treinta y dos por ciento. La posible explicación para ello es quizá el cambio de actitud hacia los servicios médicos. Sus hijos deben nacer en hospitales, es ahora la preocupación creciente de las gentes. Pero también puede ser una secreta rebelión de la vida, interesada en derrotar la muerte violenta con nuevos nacimientos.

—Más mitos —comentó Rosendo Marxista.

—En estos territorios estadísticos de la muerte, sorprende el notable descenso de la tasa de homicidios intencionales entre 1975 y 1978. Pasó del treinta y dos al quince y medio por cada cien mil habitantes. En ese período el Hospital San Vicente de Paúl estuvo en huelga. La falta de atención médica llevó a la implantación de la ley seca y la violencia descendió considerablemente. Los números parecen mostrar como causante de la violencia en Medellín al licor.

—Ey, compañeros, deberíamos parar la bebida ahora. Estamos en la vía de volvernos potenciales criminales —Rosendo Marxista sonó ahora sarcástico.

—El factor de la muerte en la ciudad no obedece a un mecanismo social, sino mental. Agresividad destilada desde el néctar de la caña de azúcar para enloquecer las mentes. Desinhibición de la acción en la embriaguez del aguardiente. Se suspende la ley seca y las cifras vuelven a dispararse. En dos años la cifra se cuadruplicó. En 1980 la cifra era de sesenta y dos homicidios intencionales por cada cien mil habitantes. El tiempo de abstinencia pareció estimular el consumo de bebidas alcohólicas y con él, la agresividad interindividual. Para 1990 se había aumentado en veintidós veces la cifra de 1978. Se había pasado de quince y medio, a **trescientos treinta y siete homicidios intencionales** por cada cien mil habitantes. Una cifra demencial, solo pensable para ciudades en guerra. Ninguna ciudad del mundo ha conocido un incremento del índice de la violencia homicida intencional como el mostrado por Medellín.

Alejémonos un poco de la tertulia para revisar algunas cifras. La violencia homicida en Medellín, no es un asunto de clase social como se ha pretendido mostrar. No es la urgencia social la principal causa, es la nebulosa embriagante y alucinante. Ésta desvaloriza la vida del semejante. Hasta 1987, la ciudad estuvo dividida oficialmente en seis comunas. A partir de ese año se hizo una nueva clasificación territorial de los barrios y se aumentó a dieciséis. Paradójicamente, no es la comuna Nororiental (antes la número 1), la de mayor número de muertes entre 1981 y 1990. En esta comuna se encuentran los mayores índices de pobreza de la ciudad. Si la violencia en Medellín se debiera a factores de necesidad, allí debería estar concentrado el mayor número de muertes violentas. Sorpresivamente, el mayor número lo presenta la Candelaria (antes la número 3), representado por el centro de la ciudad de Medellín. En esta comuna están incluidos el centro de la ciudad, el barrio Guayaquil, Boston, Barrio Nuevo, Miraflores, Buenos Aires, Villa Hermosa y Villatina. Son los barrios céntricos de la ciudad, en donde se registra el mayor número de muertes, y también la mayor presencia de bares, de expendios de licor y droga.

En segundo lugar se ubican, sorpresivamente, la comuna Noroccidental (antes la número 5) y la del Poblado. El Poblado es el barrio en donde viven los más ricos de Medellín. A ellos también los alcanzó la violencia. Se pasea desafiante por sus elegantes calles, rodeadas de suntuosas casas y caros rascacielos. En el Poblado se registra para 1990, el mismo número de muertes violentas a las presentadas en la extensa zona popular constituida por los barrios Aranjuez, Manrique, Populares y Santa Cruz. Es una zona en donde abundan los pobres. Sin embargo, las mayores cifras las registran estas tres comunas con estratos bastante desiguales. El Poblado clasificada como estrato alto, la Candelaria como medio y la Noroccidental, como bajo-bajo. El índice más bajo lo registra la comuna de la América (antes la número 4). La muerte en Medellín no se deja atrapar por análisis socioeconómicos. En toda muerte violenta siempre hay un victimario y una víctima. ¿Cuál de ellos vive en cuál de las tres comunas?, ¿en dónde se registra la muerte violenta? Eso no lo puede responder la estadística.

La peste de la muerte violenta ha arrastrado a los municipios cercanos a Medellín. Los inoculó con su virus destructivo. Los municipios del Área Metropolitana, también vieron crecer la montaña de los homicidios intencionales sin la esperanza de descenso. Sobresalen Itagüí, Envigado, Barbosa. Pero para sorpresa, la más baja se presenta en Girardota. Nadie ha podido explicar este fenómeno. Con seguridad la respuesta deba buscarse en sus costumbres. Es el único lugar del Valle del Aburrá donde las tasas de muertes violentas nunca han sido significativas.

Algo extraño ocurre en el Área Metropolitana, en este Valle del Aburrá. Cualquier predicción, cualquier explicación escapa a la lógica, a la razón lúcida. Las cifras de homicidio intencional desborda toda comparación. No existe otro lugar en el mundo con tasas tan altas. En 1990 el Comité para las Crisis Poblacionales (Population Crisis Committe) de Estados Unidos, publicó los resultados de una investigación hecha a finales de los años 1980. La investigación abarcó las cien áreas más populosas del mundo y entre otros muchos factores de los problemas poblacionales, se analizaron los índices de criminalidad. El estudio mostró cómo las áreas urbanas más violentas del mundo (en términos de homicidios intencionales), eran la Ciudad del Cabo, El Cairo y Alejandría. Sus tasas en orden eran de sesenta y cinco, cincuenta y seis, y cuarenta y nueve homicidios intencionales por cada cien mil habitantes. Estas cifras son irrisorias, compradas con las de esa misma época para el Área Metropolitana. Aquí la cifra era de **ciento noventa y un homicidios por cada cien mil habitantes**. Cuatro veces superior a la de la ciudad con la mayor tradición histórica de muertes intencionales. Pero si esto sorprende, el asombro no se detiene. Para el mismo periodo, las muertes intencionales en Medellín, era de **trescientos treinta y uno**. O sea, cinco veces superior al índice registrado en Ciudad del Cabo.

Para 1988, el total de homicidios en Medellín fue de siete mil tres. Al año siguiente llegó a los siete mil setecientos. Y para 1990 la cifra fue de nueve mil quinientos veinticuatro. Estamos hablando de la desaparición de la población promedio de tres municipios de Colombia, asesinada en solo una ciudad del país, y en solo un año. A este panorama desalentador, se suma la impunidad, detrás de este tipo de hechos. El estimativo de esperanza de justicia en el mejor de los casos, es de uno por cada siete homicidios. En 1988 se iniciaron dos mil doscientos sesenta y dos procesos penales por delitos de homicidio. En 1989, fueron dos mil ciento noventa y siete. Y en 1990, fueron mil ochocientos cuarenta y uno. Paradójicamente, los procesos penales disminuyeron mientras los índices de homicidios ascendían considerablemente. Las cifras hablan de una falta de eficiencia judicial. De una desconfianza hacia las instituciones por parte de los ciudadanos. No tenía caso denunciar, igual, todo iba a morir arrumado en expedientes empolvados. Un descrédito de las instituciones judiciales, lleva a las gentes a tomarse la ley por la propia mano.

Del total de casos de 1988, se dictaron seiscientas treinta sentencias, no necesariamente condenatorias. Esta cifra por los vericuetos legales del país, puede verse reducida a la mitad, para casos de un castigo real. En el mejor de los casos, el quince por ciento de los homicidios intencionales habrá sido sancionado por la justicia. Es decir, el ochenta y cinco por ciento puede haber quedado en la impunidad. La cifra se eleva en los años siguientes. Para 1990 la impunidad había alcanzado al noventa y uno por ciento de los casos. Se habla entonces de un país, un departamento, una ciudad donde no hay ninguna garantía institucional para la defensa de la vida. Por el contrario, pareciera favorecer la muerte violenta con sus papeleos y el camino abierto para la corrupción. Decepción ante un ordenamiento territorial inoperante.

Luis Carlos Molina Acevedo

Territorios hereditarios de muerte

Otro día en el mismo lugar y hora con el mismo grupo, vuelve la tertulia. Se pregunta por las razones de una ciudad para ahogarse en la sangre derramada por la violencia. Esta noche, Rosendo Sociólogo discurre entre el humo del cigarrillo y la embriaguez del licor. Está convencido de haber encontrado la raíz genética del crimen. Está empeñado en convencer a sus contertulios sobre las altas probabilidades de predicción de la genética. Los hijos de delincuentes, tienen una alta probabilidad de ser también delincuentes. Los afortunados heredan riquezas, los desheredados, vicios. Cuenta Rosendo Sociólogo cómo Dugdale, un sociólogo de renombre mundial, realizó un estudio a la descendencia de una pareja de degenerados. Max Juke, alcohólico y mujeriego nacido en 1720. Ada Yalkes, ladrona y ebria consuetudinaria, nacida en 1740. Los dos fueron los conejillos de laboratorio. El tronco familiar dejó una numerosa descendencia legítima de 540 y de 169 ilegítima. No todas las ramas ilegítimas se pudieron seguir. De cinco hijas, tres eran prostitutas antes de casarse. Algunas ramas se siguieron por siete generaciones y no fueron precisamente personas ejemplares por la virtud.

El rastreo de la estirpe ilegítima Juke, arrojó setenta y seis criminales, ciento cuarenta y dos vagabundos, ciento veintiocho prostitutas, noventa y un hijos ilegítimos, ciento treinta y uno impotentes sexuales o idiotas o sifilíticos o locos, y cuarenta y seis estériles. Rosendo Sociólogo se regodea en los cálculos matemáticos, mientras saborea el anís del aguardiente quemante. Sigue con sus dedos sobre la mesa de madera rústica, algunos acordes del tema lanzado por los altavoces como lluvia sonora sobre los concurrentes. Se detiene cuando sus pensamientos han vuelto a ordenarse para retomar la conversación. Los delincuentes, prostitutas y vagabundos escasos en la segunda generación de los Juke, se multiplican en la cuarta. Para la quinta generación, todas las mujeres son prostitutas y todos los hombres delincuentes.

—Parece un informe del Grupo de Roma —exclama Rosendo Marxista, interrumpiendo cualquier consideración adicional. Enfurecido, levanta la voz y dice con ironía:

—Según eso, Amor por Medellín, los paramilitares y cuanto grupo de limpieza se invente la clase política de esta ciudad, tiene razón. Ahora la genética apoya el exterminio de la hierba mala. El pobre, llevado a la desesperación, debe transgredir la ley de los poderosos y solo puede procrear antisociales. Esa es la mentira mejor maquillada.

Rosendo Sociólogo, conciliador, baja el clima de la discusión pero insiste en las cifras como soporte de su argumentación. Continúa empeñado en mostrar las repercusiones genéticas de la violencia.

—Es algo muy simple. Basta con encadenar algunas cifras para darse cuenta de la progresión geométrica. Esta familia gravó la sociedad con setecientos nueve degenerados, setecientos treinta y cuatro de pobreza y de enfermedades, noventa y seis años de tratamiento en hospitales, ciento dieciséis años de cárcel, ciento quince delitos representados en robos, estafas, asaltos, homicidios, estupros, contagios venéreos y similares. Agréguele a eso cualquier cantidad de millones representados en gastos de justicia, de mantenimiento de cárceles y hospitales, y solo hablamos de una familia. ¿Cuántos problemas, se habría ahorrado la humanidad, de haber podido evitar la unión de Ada Yalkes y Max Juke?

Rosendo Marxista, impaciente, levantó la voz de nuevo:

—Este sí es güevón (tonto). Según eso, los únicos con derecho a vivir son los ricos. ¿Acaso ese Dugdale se tomó la molestia de investigar por qué Juke y Yalkes debieron transgredir la ley? A este tonto solo le falta decir el mayor de los absurdos, los criminales nacen.

—No nacen, pero las condiciones de gestación sí pueden determinar al futuro criminal.

Rosendo Sociólogo se vio obligado a responder a la agresión de Rosendo Marxista, pero no debía dejarse provocar. Con pasión retomó solo las cifras con el mayor soporte para su hipótesis.

—Bozzola, otro sociólogo, estudió a ocho mil débiles mentales y sorpréndanse, sus fechas de concepción se corresponden con las de grandes banquetes y cantidades de alcohol en fiestas como la Navidad, Año Nuevo, Carnavales y fiestas locales. Samstagkider se le dice en Alemania al hijo del sábado, día de paga y embriaguez desenfrenada. El alcohol es uno de los más notables venenos. Amenaza a la especie. Al lado está la intoxicación por cocaína y morfina, además de la producida por el plomo y la saturnina. Todas éstas son condiciones bioquímicas modificadas del feto. Pero también están las condiciones psicológicas producidas por la guerra. Todavía no se han estudiado los efectos psicológicos de esta guerra no declarada, en las próximas generaciones de Medellín. Y están también las condiciones sociales de los movimientos sociales marginales. Así se gestan los hijos del asedio, los hijos de las detonaciones y las explosiones, los hijos del terror. Cuántos serán los tarados y antisociales, en incrementar la cifra de la inversión social.

Rosendo Marxista indignado, murmuró irónico:

—Si no los matan antes.

A esta altura, el cronista estaba sorprendido de la confluencia de ideas entre Rosendo Funerario, Rosendo Estadístico, y Rosendo Sociólogo en su discurrir. Los tres coincidían en ver al licor como la causa de la violencia en Medellín. Quizá algo de razón había en el fondo de todo ello. O tal vez los análisis estaban sesgados por algún acuerdo implícito de las disciplinas, no evidente para los expositores y defensores de estos puntos de vista. Algo desconcertante estaba ocurriendo en estos intentos de explicar el origen de la violencia en una ciudad. Ese origen parecía no aprehensible.

Rosendo Sociólogo desentendido del enojo de Rosendo Marxista, continuó su discurrir, con la esperanza de terminar:

—Se podría hallar soluciones al problema de intolerancia social vivida, si supiéramos quiénes somos. Se habla de factores raciales hereditarios como los caracteres morfológicos. Éstos dan el tipo físico en la conformación, la estructura, las relaciones, el peso, el volumen de las distintas partes del cuerpo. De igual modo se pueden describir las características de un tipo regional. Para ello se debe tener en cuenta también los caracteres funcionales. Considerar por ejemplo, el crecimiento corpóreo total y parcial en la edad de la pubertad. También se debe hacer en otras edades, por ejemplo, a la entrada en la vida endocrina, al sistema neurovegetativo, al metabolismo, a la termo-regulación, a los órganos de los sentidos y a las sensibilidades cutáneas. Todas estas edades mostrarían rasgos determinantes para trazar con certeza el genotipo. Pero esos estudios no existen en nuestro medio. ¿De dónde entonces sale el tan pretendido genotipo del paisa? Igualmente se deben considerar los caracteres psíquicos de los diversos grupos humanos en cuanto a las reacciones a los estímulos exógenos. No todo es tan simple como pretende mi amigo Rosendo Marxista. Se trata de reconocer cómo junto a la herencia biológica, existe una herencia social y otra psíquica para determinar un principal "estilo de vida". Por qué no preguntarse por las condiciones biológicas, sociales, y psíquicas. Quizá ellas nos han llevado a un estilo de vida violento en esta ciudad, departamento, país.

Rosendo Sociólogo levantó la copa de aguardiente y propuso un brindis. Los otros contertulios respondieron con un "salud, pesetas y buenas tetas". Rosendo Marxista llamó al mesero y le dijo: "no me le dé más trago a este (señalando a Rosendo Sociólogo), lo estoy viendo borroso", luego solicitó un tema musical de salsa "Vive la vida hoy". Después, siguió con atención el tema de Rosendo Sociólogo para poder replicar cuando la circunstancia así lo exigiera.

—Se habla a todo pulmón de la raza paisa —dijo Rosendo Sociólogo mientras llevaba a su boca una tajada de tomate de árbol para pasar el aguardiente—. ¿Pero qué es la raza paisa? ¿Acaso es el estereotipo mercadeado por las empresas estatales? La raza es el conjunto de una población cuyos caracteres somáticos y psíquicos constituyen en el tiempo una distinta unidad estática y dinámica, individualmente variable dentro de ciertos límites y transmitida por herencia genética. ¿Cuáles son esos caracteres somáticos y psíquicos del antioqueño, del medellinense? ¿Acaso todavía puede seguirse definiendo la raza paisa como la del hombre de empuje y trabajador? Esta violencia urbana de las últimas décadas parece decir no. Las modalidades criminales, la estructura familiar, han cambiado. Esta criminalidad nuestra parece estar ligada a otras ocasiones, otras tradiciones, otras condiciones económicas y de trabajo.

Rosendo Sociólogo liberando una gran bocanada de humo, volvió a alimentar la conversación, mientras descargaba en el cenicero el cigarrillo extranjero.

—Una persona puede definirse desde un fenotipo constituido por el genotipo y el paratipo. El genotipo está determinado por las condiciones genéticas y el paratipo por las paravariaciones o condiciones variables en las cuales nace y vive la persona. Las condiciones variantes en Medellín, parece se han modificado drásticamente. El fenómeno del narcotráfico volvió la mirada hacia el logro del dinero fácil. El ideal del trabajo y del estudio como realización del individuo, fue desplazado por la imagen del antihéroe. Preocúpese por tener dinero, no importa cómo, parece ser la consigna de estos tiempos. Ese es el nuevo paisa, un individuo bombardeado por la tecnología foránea sin tiempo para digerirla y entenderla.

El mesero se acercó para anunciar la hora y la necesidad de cerrar la taberna. Rosendo Marxista, aprovechó para cerrar también la conversación agotada por el límite del tiempo. Dirigiéndose a Rosendo Sociólogo, dijo:

—Uno borracho sí habla mucha mierda. Cuídese hermano porque con ese modo de fumar y tomar aguardiente, será bastante onerosa la carga dejada a la sociedad futura. Yo de usted, me haría la vasectomía, así las generaciones futuras no sufrirían con la escoria social engendrada por usted. Quién sabe cuántos hijos tiene regados por ahí, como es de puto. Quizá todo eso lo heredó. Tal vez no hubo quién cortara la cadena de tarados en su familia.

Rosendo Sociólogo se levantó enfurecido, sin preocuparse de las copas y botellas. Cayeron al suelo para estallar estrepitosamente. En la parada, sacudió la mesa y todo rodó por el piso. Los demás tertuliantes, escasamente tuvieron reflejos para separar a los dos hombres dispuestos a defender sus razones a golpes, porque las palabras ya no les satisfacían. Debieron explicarle a Rosendo Sociólogo, cómo lo de Rosendo Marxista era una ironía y nada más. Aceptó parar la bronca, no muy convencido con la explicación de sus amigos.

Luis Carlos Molina Acevedo

Terrenos antropomorfos de muerte

Rosendo Antropólogo se apodera de la palabra en el nuevo día de tertulia, cuando el tema vuelve a encadenarse a la violencia y la agresión de una ciudad abandonada en alta mar. Embarcación del timón roto golpeándose contra los altos edificios de concreto. Rosendo Antropólogo, proponiendo un brindis poético por la rumba para animar la vida, promete a los contertulios demostrar cómo las hipótesis de Rosendo Estadístico y Rosendo Sociólogo, son menos plausibles, compradas con las suyas. Y pide a éste no apoderarse de la palabra como en la tertulia pasada. Le pide, aprenda también a escuchar y a considerar otras posibilidades. Un nuevo brindis de aguardiente se escucha entre los sonidos altos de la trompeta. Ésta lleva la melodía de la música salsa, regada por la taberna, para enardecer los corazones. Palpitan contagiados por la alegría sonora en medio de la atmósfera creada por el humo de los cigarrillos, encerrado en aquel recinto. Humo de cigarros, quemados al mismo ritmo de las palabras enredadas en los oídos. El encuentro de las copas en lo alto, da comienzo a la tertulia. Pone en ejercicio al pensamiento para explicar la carrera loca de la muerte, entre los habitantes de la ciudad de Medellín.

Rosendo Antropólogo habló con seguridad. Para él la herencia genética determinaba otros aspectos de la especie. Pero en lo relacionado con la conducta criminal, el análisis debía centrarse esencialmente en las condiciones bajo las cuales le toca vivir al individuo.

—El crimen depende de la norma cultural y del manejo de la misma. La norma atenta no solo contra las personas, sino también contra los bienes. A las personas se las considera también bienes, como una propiedad privada. Atentar contra una persona es atentar contra el único bien irreparable: La Vida. De ahí la gravedad conferida por los grupos humanos a este tipo de falta. Pero la propiedad privada no existiría fuera de una jerarquía de dominación. En ellas se fundamenta, y el concepto de ambas ha evolucionado con la capacidad técnica de la especie.

—Por ahí es la cosa, creo —dijo Rosendo Marxista, apoyando la hipótesis de Rosendo Antropólogo.

—Se debe reconocer ante todo cómo el ser humano es un animal con un sistema nervioso. Éste ha evolucionado a un ritmo más acelerado, en relación con otras especies animales. Ese sistema nervioso es el mecanismo por el cual reacciona ante el medio circundante. Esas reacciones son de agrado o desagrado, si equilibran sus funciones biológicas o no. La búsqueda del equilibrio biológico lleva al hombre a actuar con los diferentes elementos del medio. La agresividad nace de la oposición, presentada por esos elementos al momento de satisfacer sus necesidades vitales. La violencia interindividual se activa cuando el individuo ve amenazado su equilibrio biológico. La amenaza se proyecta desde la dominación.

—Salud parcero, hoy estás lúcido como nunca —dijo Rosendo Marxista, mientras levantaba la copa para proponer un brindis.

—Los primeros vestigios de la dominación se dan con la acumulación de bienes. Los grupos de agricultores podían acumular productos y a partir de ellos ejercer grados de dominación sobre los quienes no los tenían. Dentro de estos grupos campesinos, se fue generando otra clase social, la de los cazadores. Éstos avanzaron hacia la especialización técnica como elemento de dominación. Pronto vieron la posibilidad de someter a los menos técnicos y alcanzar mayor gratificación con los beneficios adicionales, brindados por la propiedad. Para ese momento, ya estaban planamente diferenciados los papeles sociales del jefe, el guerrero, el artesano y el campesino. La jerarquía de dominación había alcanzado una estructura definida. La violencia no puede entenderse, si se la mira por fuera de la distribución de las funciones sociales del individuo. La distribución social del trabajo, lleva implícita una aceptación colectiva de un cierto grado de violencia. Es notorio cómo para el año seis mil, antes de nuestra era, estos grupos sociales comienzan los procesos de dominación basados en la conquista. La habilidad técnica se desplegó hacia la propiedad extendida en el espacio. En este tipo de acción, comenzó la criminalidad interindividual e interestatal, y con ellas, la guerra.

—La guerra llevó a nuevos elementos de cohesión social. La supervivencia inmediata del grupo en un entorno hostil, constituía la principal motivación del mismo y despertaba el sentimiento de cooperación por encima del sentimiento criminal. Para entonces, el cerebro había conferido características específicas a la edificación de las jerarquías, pero sobre todo, a los medios para establecer la dominación. El cerebro había evolucionado vertiginosamente en el afán técnico de dominar al otro. El hombre disponía de un imaginario al cual asociar experiencias pasadas, para utilizarlas en el presente. El cerebro había desarrollado las zonas asociativas corticales, necesarias para ello. Era capaz de realizar hipótesis de trabajo y de crear nuevas formas, trasformando primero la materia. Recientemente, esta habilidad se ha dirigido a la transformación de la energía. La humanidad ha conseguido con ello protegerse cada vez mejor, en virtud de la característica anatómica y funcional de su sistema nervioso. Este sistema le permite comprender cada vez más profundamente las leyes del mundo inanimado. Las culturas se edificaron y luego evolucionaron al mismo ritmo de la evolución técnica.

—Pero de todos estos dispositivos técnicos, desarrollados a la luz de las modificaciones del sistema nervioso, el más poderoso fue sin duda el lenguaje. Con el lenguaje se desarrolló el arte. El arte como medio de comunicación, le permitió al hombre contraer el tiempo y el espacio, máximo sueño de cualquier inclinación hacia la dominación. El lenguaje se volvió a su vez, el más noble medio de acción. Era posible por medio de él, influir en la acción del otro. Con el lenguaje se influía en el otro para favorecer el propio designio gratificador. El lenguaje podía remediar la inhibición ante la acción y establecer así el equilibrio biológico. Con él se podía coordinar la acción de los individuos en el marco del grupo. Atenuaba forzosamente la agresividad interindividual. Ésta quedaba como el único recurso de quien no sabía hacerse escuchar.

—"El crimen sigue siendo un atributo de quienes no saben expresarse, de quienes aún teniendo algo para decir, lo dicen mal", diría Bessette, ese defensor de la Teoría de la Interculturalidad. El lenguaje era el instrumento seguro para alcanzar el equilibrio biológico, sin recurrir a la agresividad interindividual. Solo era cuestión de manejarlo adecuadamente. Todavía flota en la historia la preocupación por la retórica, el afán por el buen hablar y la escritura correcta. La retórica era el sello de distinción social con el cual se podía lograr todo. Pero el lenguaje también se llenó de sombras. También era capaz de disimular los apetitos voraces de dominación más allá del propio equilibrio biológico. El lenguaje facilitaba la ocasión para sacar ventajas gratificantes de la jerarquía de dominación. Se disponía de un dispositivo técnico para ocultar las acciones de agresión interindividual y estatal. Se sacó provecho de ello. Nació el uso ideológico del lenguaje, con el cual se inhibía la acción del individuo y se justificaba la acción del estado. El criminal perdió de vista sus motivaciones básicas y terminó enredado en el lenguaje. Terminó atormentado por unos cargos de conciencia, los cuales reñían con sus necesidades de supervivencia, de equilibrio biológico. Habitó los centros de rehabilitación atrapado en la telaraña de unos términos, unas palabras, un lenguaje de la desesperación. Del individuo violento por necesidad de la estructura social, se pasó a un individuo criminal, un individuo para satisfacer bajas pasiones, en vez del interés colectivo.

—De la locura se pasó a la perversidad. El criminal acosado por su condición insatisfactoria, transgredió la ley. Pero ese mismo lenguaje, por el cual se hizo culpable, en algunos casos terminó liberándolo. Ya no era la necesidad biológica de alcanzar el equilibrio, era la necesidad de romper con las cadenas del lenguaje. Halló en el crimen el placer de la contemplación, semejante a la alcanzada en el arte. Estos criminales ya no tenían la motivación biológica para transgredir la ley, ahora eran acosados por el deseo de burlar la norma con maestría. La perversidad desbarataba todo intento de la razón por comprender las raíces de la criminalidad.

—Hablar de la criminalidad en Medellín, va más allá de citar cifras estadísticas, o elaboradas teorías genéticas. Tranquilos, no se me remuevan en los asientos. Esto no es personal. Yo simplemente aporto elementos para mostrar la complejidad del asunto, de cuanto parece a simple vista. Propongo otro brindis para calmar los ánimos.

—Como les estaba diciendo, el lenguaje vino a mostrar nuevas facetas del criminal. Ahora el impulso estético empujaba a la muerte del semejante. Hacer de la acción transgresora una obra de arte, se volvió el nuevo ideal estético de las antisociedades. Pero ese criminal también descubre, tarde o temprano, cual engañado ha sido por el lenguaje. Si el tiempo se arrastra lo suficiente sobre la existencia, va trazando las pesadas cadenas del remordimiento para atraparlo bajo condena eterna. El mejor negocio para un criminal es morir joven. Cuando se vive largamente, siempre habrá tiempo para el remordimiento, para el tormento interior. Por eso el sicario madruga a realizarse como individuo, más no como persona. Para realizarse como persona se requiere la experiencia y la madurez, pero esto poco parece preocuparle al asesino por dinero. Le preocupa eso sí, el diferenciarse como individuo dentro de un grupo social. Decide embarazar en la pubertad a una mujer. Quiere garantizar la continuidad de la especie. En el mejor de los casos, se casa con ella. Vive la vida intensamente. El apetito por los vicios es insaciable en un abierto imperio de lo sensual como signo viviente de la existencia. No hay lugar para el tedio, ya habrá bastante tiempo para ello cuando una bala lo sorprenda en cualquier calle de la ciudad. Pero aún en estos casos, el origen del crimen seguirá siendo el mismo. Más allá del crimen mismo, se esconde una aberración profunda. Los males del criminal entran todos en una inminente ley biológica: la inhibición de su acción gratificante.

Rosendo Antropólogo levantó su copa incitando al grupo de contertulios al brindis. Aún saboreaba los rastros del anís en su lengua y ya estaba listo para continuar con su hipótesis explicativa de la violencia en Medellín, cuando un estallido de una bomba en el local aledaño a la taberna, los elevó por el aire. El estrépito fue ensordecedor. El piso vibró como si un terremoto cuartera todo. El fluido eléctrico se interrumpió de inmediato. La taberna quedó a oscuras. Los llantos desconcertados, de varias mujeres, se oyeron en la penumbra. Las voces preguntaban qué pasó. Se disolvían en la negrura del lugar. Los cerebros todavía no recuperaban la capacidad de oír con claridad. El estallido contagio la sordera a los concurrentes. Palpando mesas, paredes y a otros, los asustados contertulios buscaron la salida. Después, solo hubo tiempo para correr y ponerse a salvo entre los temblores del estertor. Los nervios estaban desajustados. Ya no había palabras para explicar la violencia en Medellín, para terminar con ella. La explosión se imponía por sí misma y contra ella, ningún discurso era válido. Cada quien tomó el rumbo más seguro para salir de allí. Lo importante era alejarse de aquella cercanía de la violencia. Los había rondado muy cerca, y eso daba bastante miedo.

Una rubia cucaracha emergió del lugar de la explosión. Corrió aturdida y sonsa hacia donde pasaba, en ese momento, Rosendo Marxista. Se acercó a él como si él pudiera protegerla de aquella hecatombe explosiva. Extrañamente se acercó más y más al pie del académico, en su huida. Parecía como si el insecto se acercara a un amigo. Rosendo Marxista miró la envolvente nube de polvo dejada por la explosión. Luego miró a la cucaracha. Estaba pegada a la suela de su zapato, como si fuera una mascota. No supo qué hacer. Finalmente levantó el pie y lo descargó sin emoción. El cuerpo de la rubia cucaracha explotó bajo la presión de la suela del grande calzado. No lo hizo por fastidio o aversión. Lo hizo para falsear la hipótesis sobre la cucaracha como el único ser vivo exento de la extinción. Nada podía destruirlo, excepto el sonoro golpe de una rechinante suela.

Miró el destripado animal disperso en el piso. Se sorprendió de ver con cuanta facilidad se podía extinguir una vida, así fuera la de una cucaracha. Quizá los académicos solo fueran eso, cucarachas para extirpar de la sociedad, con una suela llamada Amor por Medellín. Miró una vez más el despojo del lugar destruido por la explosión. Los primeros curiosos hablaban de siete muertos y quizá el doble de heridos. Con aquella explosión, eran ya varios los sitios de reunión destruidos por las bombas. Era un mensaje abierto, de los enamorados de Medellín, a todos esos intelectuales de izquierda de la ciudad, simpatizantes del comunismo. No querían más comunistas en la ciudad. Así lo estaban dejando claro con las muertes de defensores de derechos humanos, profesores, sindicalistas, y quien pensara en contra del sistema.

Corría el rumor entre los círculos universitarios. Amor por Medellín era un grupo paramilitar al servicio de las clases pudientes de la ciudad. En la oleada de violencia, vivida por la ciudad, muchos habían visto la oportunidad para pescar en río revuelto. Era la ocasión propicia para acabar con tanto descontento social. Los sitios de reunión académica en la ciudad, se volvieron blanco de amenazas. Querían inyectar el miedo en los cuerpos. La gente reunida era muy peligrosa. A las personas se les daba por cuestionar todo lo establecido y eso era bastante subversivo. Hasta las cafeterías de

Tronquitos y Kokorico, de la Universidad de Antioquia, fueron amenazadas con hacer estallar una bomba. Los estudiantes atemorizados, procuraban no demorarse mucho en esos sitios. Se consumía el café o la gaseosa y se buscaba otro lugar para estudiar entre clases. El pánico cundió entre todos los medios académicos de la ciudad.

Rosendo Marxista, no se entretuvo más en contemplar los resultados de la destrucción demencial, apoderada de la ciudad. Pronto llegarían los cuerpos de socorro, los organismos del orden y hasta los medios de comunicación, haciendo preguntas impertinentes. Contra el filo de la acera, limpió los restos del cuerpo del insecto y continuó su marcha.

Luis Carlos Molina Acevedo

TERRENO ESTÉTICO DE LA MUERTE

¡Oh cucaracha guardiana de las tumbas sombrías! Los poetas se olvidaron de ti. Los poetas, los pintores, escultores y gentes comunes se han regodeado con otros signos, otros símbolos de la muerte y se olvidaron de ti. Pretenden ignorar tu salida triunfal de entre los restos de una vida extinguida. Emerges entre la tierra removida con la vitalidad de quien captura a las almas cuando se fugan de los cuerpos cansados. Estuviste allí en la agonía de Rosendo Asesinado. Las balas amenazantes apenas te dieron tiempo de alcanzar la entrada al hoyo oscuro entre el asfalto en donde resguardar la vida. Asomaste allí sobre el féretro gris afianzando una elección difícil. Te campeaste por las bóvedas donde los vivos hablan con los muertos. Y emergiste triunfal con vitalidad ganada a las sombras, cuando los últimos vestigios óseos de Rosendo Exhumado aparecieron entre la tierra removida. Oh cucaracha rubia, sobrevives a todos los territorios de la muerte. Sí, rubia cucaracha, eres el titán levantado con nueva vida de entre la batalla con la muerte, así Rosendo Marxista crea lo contrario.

Dónde encontrar en la historia el signo vital de la muerte, en medio de la sombra eterna. Allí, solo está la otra simbología sombría de la muerte arrastrada por los años desde cuando la memoria se volvió escritura. Los Cantos Homéricos transcurren entre la vida y la muerte de dioses y humanos. Muerte acaecida antes de tiempo como castigo al desafío del poder divino. El canto VI de La Ilíada sentencia: "Las generaciones humanas son como los géneros de las plantas; si el viento derriba una planta, otra aparece en el bosque verde al tiempo que brota la primavera. Así ocurre con las generaciones humanas: cuando crece una, la otra desaparece". Ellos, todavía no contemplan tu salida victoriosa de entre los restos. ¡Oh rubia cucaracha, caminas entre los huesos consumidos por el tiempo con la vitalidad aún no tocada por el sol de la muerte!

Los signos te ignoran en una historia interminable. Con Virgilio vino la salida del paraíso. El ser humano vive en la Arcadia donde todo es placer y sensualidad, hasta cuando descubre la muerte. Allí la naturaleza crece imperturbable, los ríos fluyen con mansedumbre, las bestias conviven con los hombres y la vida humana plasmada en pastores y ninfas, discurre despreocupada, feliz, eterna. Pero en el paraje se cuela la vanitas. Los pastores y las ninfas dejan de retozar al descubrir una tumba antigua. De su gruta oscura emerge como un epitafio "ars longa, vita brevis". La magia del mundo perfecto es trastocada por la presencia del cadáver olvidado en el bosque. La vanitas abandona su trono para ceder al peso de la muerte. La reflexión sobre el carácter pasajero de la vida y de las cosas del mundo atormenta las mentes antes abandonadas a la contemplación de las maravillas del paisaje. La muerte cobra identidad en el signo. Su símbolo se pasea por el arte recordando al hombre su grandeza pasajera. El esqueleto hace carrera como símbolo de la muerte. El esqueleto vestido de plata llevó, en los banquetes de los estoicos, a comer y beber hasta la saciedad. Ningún mejor mesero para recordar la importancia de alimentarse bien.

En el abismo trazado entre la vanitas y la muerte, el arte vino con alas nuevas a salvar al mortal de las garras del absurdo. El arte sobrevive al mundo. El arte es perenne como el metal y la gloria, otorgada por él. Es el único medio de sobrevivir a las generaciones por vivir. Por qué conformarse solo con la perpetuidad de la especie. El arte es esa impronta grabada en la memoria de los pueblos anclados en el pasado. Su huella extiende su camino más allá de la existencia transitoria de la carne. Nuevos símbolos desfilan en el arte. Más no tú, rubia cucaracha de la vitalidad naciente.

La muerte ahora se pasea por la Edad Media. Muerte de los relojes de arena para simbolizar la futilidad de la vida material frente a la vida eterna más allá de la muerte. La literatura del desprecio del mundo se rige sobre la carta de San Pablo a los Corintios. La rosa no es ya la de los sensuales pétalos besados por el rocío. Es la rosa del ayer. De ella solo queda el nombre. Sí, solo eso queda: los nombres desnudos. Memoria de un signo para el cuerpo ido. Es la rosa efímera de Bernard. Y al final, el miedo, la necesidad de otros símbolos, de otra contemplación de la vida y la muerte. Urgencia de empezar otra edad del tiempo. Poco importa si la rosa efímera pervive en los Rosendo fallecidos. El rojo ahora no es tan intenso. Se blanquea hacia el rosado, regado por el cuerpo de Rosendo como un tinte.

Los signos se derrumban, pero no tu presencia vital entre los restos despojados por el tiempo. Rubia cucaracha, corres asustada ante el brillo de la luz, trazando con tu trayecto la gran paradoja de la vida. Sí, los signos se derrumban, mientras tú solo huyes de la luz. El dios guardado celosamente en las iglesias, fue incapaz de salvar cuando la peste y la guerra se tomaron los caminos. La fe depositada en los guardianes humanos del cielo, no fue correspondida. Otra vez la decepción y el derrumbamiento de la seguridad terrenal. La peste corroía los cuerpos de los pobres y los ricos por igual. Las indulgencias se volvieron cheques sin fondos en el cielo. La vida se vio de nuevo condicionada por la muerte y el hombre se lanzó a la construcción de otra balsa capaz de consolarlo temporalmente entre las olas tambaleantes de la seguridad. Se aferró a la ciencia como nuevo símbolo para conjurar la muerte. El renacimiento florecía en las mentes aún afiebradas por la sangre de las armas y la fetidez de la peste. Las naturalezas muertas se erigen en la pintura. Objetos sin vida son reorganizados en sus formas y colores dentro del espacio delimitado por el marco. Es el imperio de la vanitas, de la muerte. Pero la Arcadia no se resigna a la derrota, renace como complementaria de la muerte. Reaparece con trazos impresionistas en los "Almuerzos sobre la hierba". Persiste en los "Bañistas" sumergidos en la naturaleza sin malicias.

Sí, el mundo se ha embelesado con unos símbolos donde no figuras tú, cucaracha de las rubias alas. Tú eres real. Estás presente entre los huesos deshechos por el tiempo entre la tierra, entre el laberinto de cemento de las bóvedas, y hasta entre el calor de los hornos donde se reducen los cuerpos a polvo. Te paseas oronda por los lugares donde reina la muerte, con una indiferencia aterradora. Quién ha visto esqueletos en las tumbas. Por qué entonces el símbolo del esqueleto para representar a la muerte. Allí solo quedan huesos dispersos en la tierra. Tampoco quedan rastros de gusanos, ni de flores marchitas. Entonces, cual es la razón de esos símbolos. ¿Acaso la leyenda supera en fuerza a la evidencia? La única vida de las osamentas, es tu vida. Sacudes las alas y caminas, como si nada, entre los calcáreos vestigios. Resucitas para la existencia naciente.

La leyenda cuenta cómo tres jóvenes cazadores se adentraron en un extenso bosque y en vez de trofeos, hallaron tres sarcófagos abiertos. Prometieron no contar lo sucedido, pero uno de ellos rompió el juramento y fue atrapado por la muerte. Este último episodio dio origen a la tradición del Triunfo de la Muerte en la cultura latina. En otra variante, se habla de los jóvenes, pero no en el bosque, sino en un cementerio donde contemplan a los muertos en su deambular fuera de las tumbas. Nació así la tradición de la Danza da la Muerte en la cultura transalpina. Por estas dos tradiciones han circulado todos los símbolos de la muerte. Ellos han querido usurpar tu lugar, cucaracha del color rubio como los habanos finos. Se han turnado el viejo, el tiempo, el reloj de arena, la calavera, la llama vacilante de una vela, la serpiente, los espejos, la pompa de jabón y las ruinas. Sea pues, desde hoy, la cucaracha, el símbolo inconfundible de la muerte…

Una cucaracha se pasea ahora por el escritorio del cronista. Emergió del cajón de las cuentas por pagar, o sin esperanza de pagar. Después de pensarlo un momento, trepó a la máquina de escribir. Buscó la blanca hoja y desafiante lo encaró. No quiere seguir siendo la ignorada. Limpia su boca y luego fija sus ojos de nuevo en él. Lleva un huevo a cuestas. Se retuerce a izquierda y derecha. Luego hace algunas contorsiones hacia arriba y el huevo se desprende de su cuerpo. Va a caer sobre las varillas metálicas de las teclas. Rebota, el cronista sigue con la mirada su caída por entre los intersticios hasta el piso de la máquina de escribir. Cuando vuelve la mirada de nuevo hacia la hoja en blanco, la cucaracha ha desaparecido, pero allí ha dejado el huevo de su propagación. En el piso de la máquina de escribir, reposa el germen de mil historias en ciernes. El huevo se vuelve ahora un precioso elemento argumental como para una historia de Hollywood: "La nueva generación de las cucarachas de la muerte". Pero la cucaracha ha dejado algo más. En un sitio intermedio de la hoja en blanco, depositó uno de sus frescos detritos negros como señalando el punto final de la historia. Al cronista le tomó un buen tiempo y mucho cuidado, eliminar cualquier huella del mismo…

…El cronista puede asegurarles, lo del final, es realmente un punto de tinta, aunque a veces lo invade una idea loca. Tal vez todas las letras de este texto, solo son apilados detritos de cucaracha, alineados para dar forma a las palabras. Por las dudas, no soben mucho las páginas, nunca se sabe, sobre todo si pertenecen al grupo de los escrupulosos.

Luis Carlos Molina Acevedo

9 781514 697788